Raffaella De Francisci e Fabiola Labella©

Editing Francesca Terrazzino

Edito Gruppo A.V. Italia SRL®
Part iva 03624001206
Bologna
www.unavitadistelle.com
unavitadistelle@gmail.com
Bologna 23 settembre 2022

23 settembre 2022

A mamma Maria Rosa e

a mamma Rita

UN CASO IMPOSSIBILE

Raffaella De Francisci e Fabiola Labella

«...sapeva tutto... ciò che è, ciò che fu e ciò che porta con sé l'avvenire»

(IV libro delle Georgiche, Virgilio)

15 GIUGNO

Camminava spedita, rapida, avanzando sui sampietrini del centro mantenendo l'equilibrio, su tacchi alti, segno di esperienza ed allenamento nel procedere su quell'antico selciato spesso sconnesso ed assai pericoloso nei giorni di pioggia e nelle serate umide quando al tramonto l'aria sembra bagnata e le superfici si ricoprono di condensa. Marmi e basalto, materiali principi con cui è stata eretta la città ma trappole silenziose ed anonime su cui scivolano piedi, si piegano caviglie, si urtano ginocchia, si fratturano clavicole. Pur essendo perfettamente a conoscenza dell'alto rischio a cui spesso andava incontro, era impossibile per lei cambiare abitudini. Calzava pumps, procedeva con passo deciso, quasi marziale, sguardo puntato all'infinito davanti a sé, seguendo i suoi contorti, farraginosi pensieri che soprattutto al mattino invadevano la sua mente che faticava a mettere ordine cronologico tra i corposi files del cervello, per organizzare la giornata. Quella che era iniziata da circa quattro ore già presentava un preoccupante interrogativo: cosa aveva convinto il questore Francesco Grandi in persona a richiedere un appuntamento che la sua assistente le aveva confermato dopo averle riferito della telefonata che due giorni prima avevano ricevuto dalla Questura per una consulenza? Non era nuova a collaborazioni con la Polizia inserendosi in corso di indagini a sostegno degli inquirenti ma era la prima volta che si scomodava un questore. Problemi in vista? Quando arrivò a destinazione, l'accompagnarono allo studio del dottor Grandi, evidentemente in sua attesa, informati della sua visita. L'ammisero alla sua presenza ed il funzionario la invitò ad accomodarsi.

«Dott.ssa Cantini le presento il commissario Luca Strozzi del Salario/Nomentano II; il dottor Sandro Frontelli, responsabile del commissariato di Fiumicino e il collega Patrizio Gargiulo del commissariato Ponte Milvio XX. - terminando le presentazioni di rito, prima fece una breve pausa, poi il Grandi proseguì avendo ripreso fiato o avendo riordinato le idee - L'ho convocata per illustrarle un caso molto particolare che necessita della sua competenza di profiler. Abbiamo tre omicidi, sospettiamo firmati dalla stessa mano, opera di un serial killer. Lascio la parola ai colleghi che le illustreranno i rispettivi casi e lo sviluppo delle indagini»

«L'omicidio di mia pertinenza ha avuto luogo nella sala del cinema Regina di Cuori. La vittima è Ana Santos, nativa di San

Paolo del Brasile, di anni 42, domestica presso l'abitazione dei coniugi Luigi e Marcella De Sinolfi. È stata ritrovata nel bagno del cinema Giovedì 3 Maggio, intorno alle 23:00, da una spettatrice che entrando nella toilette ha fatto la tragica scoperta: Ana appesa con i suoi collant alla cassetta di uno dei wc, nuda. I suoi abiti - proseguì il commissario Strozzi - erano sul coperchio della tavoletta, ordinatamente ripiegati; le sue scarpe collocate sopra i vestiti. Dalla trachea della vittima è stato estratto il suo tanga. Il medico legale ha confermato che la morte è sopraggiunta per soffocamento ma ha anche riscontrato un trauma nella parte posteriore del cranio che fa supporre che l'assassino abbia prima stordito la vittima con un colpo. I suoi effetti personali non sono stati toccati, nulla è stato rubato, neppure un piccolo anello con il dio Proteo inciso che era infilato all'anulare sinistro della donna»

«L'omicidio al quale sto lavorando - riferì il dott. Frontelli prendendo la parola - coinvolge un pescatore, tale Carlo Simonetti. È stato ritrovato il 23 Maggio a Fiumicino in darsena. Il patologo ha rilevato trattasi di annegamento. Probabilmente il Simonetti è stato trattenuto con la testa sott'acqua da un soggetto che ha agito alle sue spalle facendo forza sulla nuca. È stata evidenziata una ferita in zona parietale inferta con un sasso sul quale erano presenti tracce di sangue, rinvenuto sul molo, accanto al seggiolino dove egli evidentemente sedeva. Ci siamo trovati di fronte ad una macabra scena: due ancorette profondamente infilate negli occhi; il corpo, compresi i genitali, è stato ricoperto di ami meticolosamente applicati come piercings. Anche in questo caso non si riscontra scomparsa di alcun oggetto personale. La vittima indossava un anello con un Proteo inciso, nell'anulare destro»

«Le mie indagini riguardano l'atleta Simone Flagelli, - iniziò a relazionare il Gargiulo - nuotatore professionista, ritrovato il 12 Giugno in una delle piscine de Acqua Blu swimming pool. Causa della morte: sopraggiunto shock anafilattico. Nella bottiglia della sua bevanda energetica è stato rinvenuto dell'acido lisergico a cui il soggetto era allergico. Nei polmoni era presente una piccola quantità di acqua dolce clorata. Il corpo era insolitamente piegato con le gambe ciondoloni in acqua e il torace poggiato sul bordo esterno. Martoriato, presentava ferite profonde provocate da ripetuti colpi inferti con un arpione da pesca d'altura poi conficcato dietro la schiena. Gli effetti personali del Flagelli erano regolarmente conservati nell'armadietto dello spogliatoio degli atleti. Il nuotatore aveva un anello con Proteo inciso al mignolo della mano sinistra»

«Adesso comprendo perché mi ha contattata e perché mi trovo qui - commentò Eleonora rivolgendosi al questore - Ovviamente avrò bisogno perlomeno di una settimana di tempo per studiare i tre incartamenti e poi dovrò incontrare e risentire testimoni, parenti, conoscenti... insomma tutti coloro che erano particolarmente vicini alle vittime tanto da fornire informazioni utili circa le loro quotidiane abitudini. Se mi posso permettere suggerirei di partire dall'idea che stanno eliminando coloro che appartengono ad un'élite che si fregia con l'anello del Proteo»

«Abbiamo iniziato con lo svolgere una ricerca fra enti nazionali e internazionali quali associazioni culturali, club privati, centri sportivi, fondazioni, confraternite universitarie che potrebbero aver consegnato agli iscritti, ai sostenitori, ai soci l'anello come simbolo d'appartenenza» la aggiornò il Frontelli.

L'uomo era un po' stizzito dall'intervento della profiler che ardiva proporre agli inquirenti come procedere nelle indagini, interpretando come un'invasione di campo il suggerimento della Cantini.

«Potreste estendere la vostra ricerca anche ai gruppi massonici e alle sette pagane. Se uscisse fuori una correlazione, sarebbe opportuno farsi consegnare l'elenco degli iscritti per valutare di metterli in guardia, di allertarli sull'eventualità di un assassino fra le loro fila che per rifarsi di un torto subito, un'offesa, ha messo in atto la sua ritorsione, si sta prendendo la sua vendetta sui compari colpevoli. – proseguì Eleonora - Comprendo sarà arduo farsi consegnare l'anagrafica dei soci, considerando che molte di queste organizzazioni tengono moltissimo all'anonimato dei componenti, alla segretezza degli iscritti»

«Se, come spero, mi auguro vivamente, questo tentativo si rivelerà infruttuoso, nel senso vorrei evitare di impelagarmi in ambienti di per sé complicati, con l'aiuto della dottoressa, indagheremo in altre direzioni ed in altri contesti. Mi raccomando, per il momento, non fare parola con i mezzi d'informazione, acqua in bocca. Agiremo nel più stretto riserbo. Per ora teniamo la cosa per noi. - intervenne il Grandi- Signori siete pregati di fornire al più presto alla dottoressa Cantini tutta la documentazione che è in vostro possesso riguardo i casi. Dottoressa - poi rivolto ad Eleonora - sono fiducioso che lei impiegherà tutte le sue competenze e capacità per fornirci un profilo psicologico che ci consenta di ridurre la rosa di probabili colpevoli»

20 GIUGNO

Le sue giornate erano per la maggior parte occupate dai suoi studi, le sue ricerche, le sue consulenze: lavoro, lavoro, lavoro... Fin da giovanissima aveva sviluppato particolare interesse per le turbe e le alterazioni comportamentali. Aveva poi deciso di laurearsi in psicologia proseguendo con due master il suo percorso di studi: uno in criminologia, riconosciuto dal MUIR e l'altro in sociologia. L'aspetto che più l'affascinava e l'intrigava del suo lavoro era il tentare di immedesimarsi, quasi di entrare nel profondo della psiche del soggetto e penetrare la densa e fitta nebbia che spesso nasconde la personalità. Voleva comprendere le ragioni e le intenzioni delle azioni dell'assassino; carpirne strategie e cercare di fermare l'iterazione degli omicidi. Da giorni seduta alla scrivania del suo studio, immersa nella lettura dei fascicoli fornitile, annotava le sue impressioni sul blocco per completare la prima stesura della relazione che avrebbe consegnato ai commissari. Ovviamente elemento comune ai tre delitti era quel piccolo anello che tutte le vittime indossavano. Rifletteva sul fatto che erano state dapprima stordite o rese innocue e poi assassinate. Probabilmente chi aveva venduto, consegnato, regalato gli anelli alle vittime, poteva essere coinvolto negli omicidi: l'orafo o il fornitore dei monili è l'assassino, un complice o intermediario che fornisce l'elenco delle vittime all'omicida? Erano tante le domande che le affioravano alla mente: le vittime si conoscevano? Frequentavano gli stessi ambienti? Avevano interessi comuni? Svolgevano una qualche attività che potesse averli messi in contatto? Si rendeva necessario risalire al negoziante o fornitore per verificare se conoscesse queste persone. Approfondendo il legame vittima/carnefice, preda/cacciatore, le sue riflessioni la condussero a focalizzarsi sull'incisione degli anelli: Proteo, perché Proteo? Rispolverando nozioni di cultura greca e riaprendo il tomo su cui anni prima aveva studiato, riemergeva confusamente il ricordo circa una sindrome Proteo. Le era evidente che l'assassino avesse dedicato molto impegno alla progettazione e molto tempo a disporre il cadavere in modo assumesse una determinata postura: voleva venisse ritrovato esattamente come lo sistemava. Eleonora aveva l'impressione che le foto che stava esaminando piuttosto che sul luogo del delitto, fossero state scattate su un set teatrale. Si convinse che nel predisporre il tutto il killer si prendesse dei grandi rischi soprattutto di essere scoperto mentre ne curava in dettaglio i minimi particolari. Forse non ne poteva fare a meno. E se proprio questo aspetto lo gratificasse? Il rischio lo esalta, lo pone in uno stato d'eccitazione che riporta a quello degli amanti che s'incontrano in luoghi dove la probabilità di essere scoperti è elevata perché l'eccitazione che ne consegue è quasi maggiore di quella che deriva dall'atto stesso. Eleonora era certa che se l'assassino si era dato tanto da fare impiegando tutto quel tempo, il motivo poteva essere che avesse un fine, un preciso obiettivo, un piano prestabilito da seguire. Nulla sembrava lasciato al caso.

Terminato di rileggere la cartella del primo omicidio, constatò il certosino lavoro condotto dagli agenti che avevano contattato tutti i recapiti presenti nella rubrica della vittima e raccolto le dichiarazioni delle amiche che spesso andavano al cinema con la Santos: rimarcarono non c'era un uomo nella sua vita.

«Proprio quel Giovedì doveva andare al cinema da sola Ana? È un caso che l'assassino l'abbia colpita quel pomeriggio o era seguita da tempo e il killer, conoscendo le sue abitudini, l'ha uccisa nel momento a lui propizio?»

Dopo pranzo, in compagnia del commissario Luca Strozzi, Eleonora si recò in Viale Liegi nella residenza dei coniugi De Sinolfi.

«Commissario, può permettermi di condurre l'interrogatorio come se non avessi letto il suo rapporto? Voglio capire se si contraddicono e provare a far emergere nuovi elementi»

«Certamente. Faccia pure come se l'indagine abbia inizio in questo momento»

Vennero introdotti in salotto da una giovane cameriera che li invitò ad attendere l'arrivo dei padroni di casa. Strozzi la presentò ai De Sinolfi che si mostrarono in soggezione nei suoi confronti.

«Buonasera - cominciò porgendo la mano con un sorriso per sciogliere la tensione - Sono qui semplicemente per chiedervi di parlarmi di Ana e delle sue abitudini e frequentazioni, se ne eravate a conoscenza. Ma, per iniziare, se mi permettete, la cameriera che ci ha aperto la porta conosceva Ana?»

«No. L'abbiamo assunta proprio in seguito alla scomparsa della sfortunata Ana. - rispose senza tentennamenti la signora Marcella - Ella era con noi da una decina di anni, era di San Paolo del Brasile, i suoi genitori erano deceduti. Era una donna seria, posata, molto brava nel suo lavoro. Unico suo interesse era il cinema e aveva l'abitudine di assistere alla proiezione delle 18:30 di ogni Giovedì, durante la giornata di riposo settimanale, da sola, talvolta in compagnia delle sue colleghe. Quando la mattina dopo non ha preparato la colazione, non ha risposto alle nostre chiamate, ci siamo permessi di entrare nella sua camera e abbiamo notato che il letto non era sfatto e lei non era in casa. Non era mai accaduto che si allontanasse senza avvertire per cui ci siamo allarmati e abbiamo chiamato il 112»

«Perché allarmarsi subito? - intervenne Eleonora - Questa donna non aveva un fidanzato, un uomo con cui usciva, che frequentava assiduamente, presso cui restare a dormire?»

«Ha frequentato per un periodo un certo Davide Buselli. - s'introdusse il De Sinolfi - Sappiamo che lavora come impiegato presso l'agenzia di assicurazioni Tassicuriamonoi. Si erano lasciati lo scorso anno e per quanto sia a nostra conoscenza non c'era nessun altro nella sua vita. Purtroppo è tutto quello che sappiamo con certezza di Ana»

«Questo particolare, però, non è venuto fuori nella prima fase d'indagini quando ho chiesto la vostra testimonianza», sorpreso lo Strozzi dalle ultime parole del De Sinolfi.

«In effetti ci sfuggì al momento probabilmente perché il rapporto si interruppe mesi prima dal tragico evento. La mia dimenticanza non è voluta: è che proprio avevo rimosso la questione»

«Quindi, quella mattina, quando avete allertato la Polizia, non vi avevano ancora comunicato il decesso della signora Santos»

«Esatto. Ci contattarono, mi sembra di ricordare, intorno alle 15:00»

«A proposito: avevate mai visto Ana indossare questo anello?» mostrando la foto della mano della donna.

«Assolutamente. Non è neppure l'anello che le aveva regalato il signor Buselli. Mai visto al dito di Ana un anello simile. Anzi, spesso non indossava neanche quello di fidanzamento perché le dava fastidio nel fare le faccende»

«Togliamo il disturbo ringraziandovi della vostra disponibilità», salutò Eleonora.

Una volta in strada lo Strozzi consultò il motore di ricerca del suo smartphone per trovare l'indirizzo dell'agenzia

TassicuriamoNoi verso cui si precipitarono con la volante. Davanti alla receptionist il commissario chiese di parlare con il signor Buselli. La segretaria li accompagnò nel suo ufficio. L'uomo, castano, profondi occhi scuri, un paio di baffetti, di circa quarant'anni, era seduto alla scrivania.

«Dottor Buselli, il commissario Strozzi e la dottoressa Cantini vorrebbero parlare con lei»

«Prego, prego, accomodatevi. Chiedi, per cortesia, a Silvia di portarci tre caffè»

«Ci scusiamo di essere piombati qui senza preavviso. La nostra indagine ci ha condotti da lei. Conosce la signorina Ana Santos?»

«Sì, certamente. Qual è il problema? Cosa vi incuriosisce della signora? Non la vedo da tempo ormai. Ci siamo frequentati per un anno e mezzo circa ma è tutto finito. Mi perdoni, indagini su cosa?»

«Purtroppo siamo qui perché la signora Santos è deceduta»

«E come è successo? Una malattia? Un incidente o cosa? Era una così brava donna!»

«Mi permetta una domanda che tocca la sua sfera privata: perché vi siete lasciati?», azzardò Eleonora.

«Mi sono innamorato di un'altra ma ciò non toglie che fosse una brava donna. Sono molto dispiaciuto di questa triste notizia. Ed io cosa posso fare per voi?»

«Siamo costretti ad informarla che la signora Santos è stata assassinata i primi di Maggio»

L'uomo sbiancò, si abbondonò sulla poltrona, scioccato dall'improvvisa notizia.

«Signor Buselli, tutto bene? Vuole un bicchiere d'acqua? Le chiamo la segretaria?»

«Ora mi riprendo. Concedetemi un attimo per digerire la notizia, capacitarmi di quanto è accaduto. Ma come è possibile? Non ha senso. Una donna gentile, socievole, semplice che non poteva attirare malanimo, violenza nei suoi confronti»

«E' stato lei a regalare questo anello ad Ana o sa come ne sia entrata in possesso?» mostrando la foto del particolare oggetto.

«No. Non le avrei mai regalato un anello così brutto. Sembra l'anello di una confraternita, di un club privé. Mi fa pensar male: un amuleto, un oggetto scaramantico che invece di buon auspicio, pare un simbolo del malaugurio. Scusate ma lo trovo proprio di cattivo gusto. Non credo Ana fosse una persona che avrebbe frequentato quel tipo di ambienti. Questo anello non l'ho mai visto»

Dopo un breve colloquio Eleonora e Luca si accomiatarono concludendo che il Buselli era completamente estraneo alla faccenda ed abbandonarono la direzione ex fidanzato come l'ennesimo vicolo cieco dell'indagine.

21 GIUGNO

Dopo una bella dormita ed una doccia ristoratrice la mattina dopo Eleonora s'incontrò con il commissario Sandro Frontelli e raggiunsero l'abitazione della seconda vittima, Carlo Simonetti, in via Coni Zugna. La moglie del pescatore, la signora Daniela Cozzi, li attendeva e li fece accomodare in cucina offrendo loro un caffè.

«E' in grado di ricostruire i movimenti delle ultime dodici ore di suo marito?», ruppe il ghiaccio la profiler.

«Carlo era pensionato da qualche anno. Era una persona metodica. Si alzava intorno alle ore 07:30 e dopo colazione prendeva la sua bicicletta, faceva un giro, si fermava a comprare il giornale, stazionava al bar dove incontrava gli amici di sempre. Lo vedevo rientrare puntuale alle ore 13:00 per il pranzo. Faceva un riposino di circa due ore, poi si chiudeva nella camera degli ospiti dove aveva sistemato una tavola su cui da tempo era impegnato nella costruzione di un modello in scala dell'Amerigo Vespucci. Alle 18:00 raggiungeva il centro anziani Bocce&Birilli e vi si attardava fino alle ore 20:00. Dopo cena usciva per andare a pescare»

«Conosce qualcuno che gli volesse fare del male, che gli serbasse rancore, che avesse motivo di avercela con lui?»

«No, assolutamente. Era un uomo pacifico, ben voluto. Quando incontravo i suoi ex colleghi, i suoi amici, mi chiedevano di lui, di portagli i loro saluti. Ha lasciato in tutti un buon ricordo»

«Un'ultima domanda: dove ha acquistato l'anello con il Proteo che portava all'anulare destro?»

«Non mi risulta possedesse un anello con quell'effigie. Però potreste parlare con il suo inseparabile compagno di bocce Aristide Maloni. Se qualcosa si vuole sapere di mio marito, lui è la persona ideale da consultare. Recatevi direttamente al centro sociale dalle 16:30 alle 20:30»

«Grazie, signora e ancora condoglianze. - intervenne il Frontelli - Se avessimo bisogno di farle altre domande, la contatteremo»

24 GIUGNO

Aveva trascorso un rilassante fine settimana in compagnia del questore Francesco Grandi. Quella che era iniziata come una collaborazione professionale si era trasformata in una piacevole amicizia.

Riposata e con mente lucida, Eleonora s'incontrò, il Lunedì mattina, con il commissario Patrizio Gargiulo. Si ritrovò di fronte il panciuto napoletano verace, alla guida del commissariato Ponte Milvio, che, davanti all'entrata del settore delle piscine del centro sportivo AcquaBlu, l'attendeva pazientemente gustando un maritozzo con panna.

«Buon appetito! Buongiorno commissario e mi scusi per il ritardo»

«Buongiorno a lei, dottoressa. Nell'attesa ho approfittato non avendo fatto colazione»

Entrati nell'impianto e raggiunta la vasca in cui era stato ritrovato il corpo senza vita di Simone Flagelli, dettero un'occhiata in giro, presero il corridoio di accesso agli spogliatoi e chiesero del signor Danilo Bolla, l'addetto alle piscine, colui che aveva dato l'allarme e chiamato la Polizia, quando, di prima mattina, il 13 Giugno, si era trovato di fronte allo sconvolgente ritrovamento.

«Commissario Gargiulo, dottoressa Cantini. La disturbiamo in relazione alla testimonianza che aveva rilasciato circa l'omicidio Flagelli»

«Buongiorno. Sì. Come potrei dimenticare!»

«Ci dispiace doverla costringere a ripercorrere con la memoria quei terribili momenti ma è necessario. Essendo trascorso del tempo dal suo primo resoconto, a mente fredda, può avere focalizzato qualche particolare che sotto l'effetto dello shock, in prima istanza, può aver dimenticato»

«Tutto ciò che ricordo o in quel momento ho visto, ve l'ho già comunicato. Tra l'altro provo a non pensarci perché non riesco più a trascorrere una notte serena. Nel momento in cui chiudo gli occhi rivedo quella scena raccapricciante»

«Una curiosità: aveva mai notato l'anello con il Proteo che il signor Flagelli portava al mignolo della mano sinistra?»

«Non avevo alcuna confidenza con il Flagelli. No, non so proprio cosa dirvi in proposito. Mi pare strano, però, che un atleta professionista indossi monili mentre è in vasca. Di solito evitano per non perderli o non ferirsi»

Tornando alle macchine parcheggiate sul lungotevere, Eleonora manifestò l'interesse di incontrare la fidanzata dell'atleta, Nadia Spina. La raggiunsero all'intervallo del pranzo in una tavola calda, accanto al suo negozio Pappa&Pets. La Spina li attendeva seduta davanti ad un piatto di gnocchi al pomodoro.

«Signorina Spina - Eleonora non si perse in preamboli e pose la sua domanda direttamente - sa nulla di un anello con un Proteo che il signor Flagelli portava al mignolo sinistro?»

«No. Simone non ha mai portato anelli. - dichiarò rigidamente Nadia quasi a volere nascondere l'emozione prodotta al solo pronunciare il nome dell'amato, gli occhi lucidi, faticando a trattenere le lacrime - Era un ragazzo semplice, essenziale. Non amava i fronzoli. Non avrebbe mai indossato un monile soprattutto durante gli allenamenti»

«Potrebbe indicarci qualcuno che, a suo avviso, era invidioso del suo successo, dei suoi record, con cui aveva discusso o litigato?»

«Sana rivalità in un contesto agonistico e professionistico di questo livello sono all'ordine del giorno. Si punzecchiavano simpaticamente durante le gare o in albergo, nei centri sportivi durante gli allenamenti... fa parte del gioco e rappresentava un incentivo a migliorarsi, a potenziare le proprie prestazioni. Ma da lì ad arrivare ad uccidere e poi con quella brutalità... Simone non mi ha mai accennato a problemi con compagni di squadra o colleghi avversari»

Nel pomeriggio, la Cantini convocata dal commissario Frontelli, si liberò degli appuntamenti in agenda per raggiungere in sua compagnia il centro sociale a Fiumicino per parlare con Aristide Maloni, il settantenne arzillo e longilineo, compagno di squadra di Carlo Simonetti nel gioco delle bocce. La trasferta si rivelò inutile in quanto il Maloni non fu in grado di aggiungere elementi nuovi a ciò che già risultava dai verbali e dichiarò che il Simonetti non aveva mai indossato anelli se non la fede.

Dopo cena tornò a concentrarsi sul caso. Cinque erano le domande ineludibili a cui era necessario dare una risposta e che elencò come post scriptum alla sua relazione, articolandole come sintesi esemplificativa della sua intera analisi. Prima domanda: l'assassino conosceva le vittime? Erano fantasmi del suo passato? Erano, al contrario, dei perfetti estranei, scelti a caso che nulla avevano a che fare con lui? Seconda domanda: esiste un evento che accomuni le vittime? Un'esperienza che li abbia fatti incontrare? Terza domanda: esiste un piano che il killer sta seguendo, un progetto che sta attuando, un obiettivo da centrare, una motivazione profonda che lo ispira, una vendetta da perseguire? Quarta domanda: il ruolo dell'anello. Perché Proteo? L'anello appartiene alle vittime come segno distintivo, esponenti di un gruppo che si dedica ad una particolare attività ricreativa tipo gioco di ruolo tanto in voga negli ultimi anni soprattutto fra gli adulti? Oppure è stato posizionato sui corpi senza vita dall'assassino? Scarterei l'ipotesi sia un monile presente sui luoghi del delitto casualmente. Quinta domanda: l'anello è stato acquistato in un negozio di chincaglierie? È da considerarsi un monile di fattura industriale, una produzione in serie, bigiotteria comune oppure è la creazione artigianale su richiesta di un artista, un orafo?

02 LUGLIO

Come al solito, sempre in anticipo di mezz'ora, varcò la soglia del suo studio. Le stesse persone, la solita tazza di caffè tiepido consegnata dalla stessa segretaria. Con il trascorrere degli anni il volto della donna aveva acquistato profonde rughe che lo segnavano, scure occhiaie che contornavano due occhi azzurri non più accesi da curiosità. Appese la giacca all'appendiabiti ed avviò il condizionatore sbattendo la porta con irritazione: la temperatura era già troppo alta per i suoi gusti! Seduto alla scrivania, il telefono squillò ma egli non aveva alcuna intenzione di rispondere attardandosi in discussioni sterili con i suoi collaboratori che spesso lo impegnavano. Sfogliò distrattamente la cartella con la documentazione da vistare ma quella sensazione di attesa, di sospensione lo rendeva ansioso. Era forse giunto il momento di architettare il prossimo incontro? Aveva necessità di azionare i suoi neuroni orientandoli su un'eccitante prospettiva che lo gratificasse ormai come nessuna attività o frequentazione avrebbe mai potuto. La routine lo stava schiacciando, la dirigenza aveva soddisfatto il suo ego ma i vantaggi che ne erano conseguiti, non erano stati sufficienti a placare quel vuoto che aveva scoperto si colmava, almeno temporaneamente, soltanto dopo aver meticolosamente eseguito e portato a termine una mossa sulla scacchiera del suo nuovo passatempo assai pericoloso. Le dita facevano roteare la penna automaticamente e appose le firme senza leggere perché il pensiero lo portava lontano. Estrasse dal cassetto della stampante un foglio bianco sul quale iniziò ad elencare oggetti e luoghi dopo aver tracciato una riga verticale dividendolo in due sezioni.

La mattinata scorreva lenta, accoccolata sul divano, in camicia da notte, si trastullava, facendo zapping con il telecomando, fra telefilm e programmi di cucina, quando la suoneria del cellulare la fece sobbalzare riportandola alla realtà.

«Pronto?»

«Buongiorno dottoressa Cantini. Sono il commissario Giulio Migliore del Celio I. Volevo informarla che purtroppo un nuovo omicidio della serie dell'anello è stato denunciato»

«Capisco. Qual è il luogo del delitto? Tempo di prepararmi e vi raggiungo»

«Siamo in via Capo d'Africa»

«Via Capo d'Africa? Ma è proprio sicuro?»

«E' davvero così sospettosa? Mette in dubbio persino l'indirizzo della vittima?»

«Ci vediamo fra mezz'ora. Non è una questione di sospetto. Non la farò attendere oltre»

Eleonora balzò dal divano ed impegnò direttamente la cabina doccia. Si asciugò rapidamente. Indossò l'abitino in seta grigio perla del giorno prima abbandonato sulla poltroncina accanto al letto. Passò tre o quattro volte energicamente la mano sul tubino per lisciarlo constatando fosse piuttosto sgualcito. Alle 12:45 uscendo dal portone del suo condominio, esattamente dall'altra parte della strada, vide un'ambulanza e due volanti della Polizia bloccare completamente la viabilità.

Accidenti, ma proprio qui davanti? Possibile aver dormito così pesantemente e non aver sentito nulla? pensava tra sé procedendo tenendosi larga e comparendo di soppiatto alle spalle degli agenti che impedivano ai curiosi di entrare nello stabile.

«Buongiorno ispettore. Sono la dottoressa Cantini. Sono attesa dal commissario Migliore»

«Benvenuta dottoressa. L'accompagno dal capo»

Neanche tre passi che l'ispettore attirò l'attenzione di un uomo sul metro e novanta che gli voltava le spalle e che alla segnalazione del sottoposto si girò di scatto e, cambiando espressione, addolcendone i tratti e accennando un sorriso di approvazione, le offrì la mano e strinse quella della donna vigorosamente.

«Ora che è qui le illustro la situazione: la vittima è Gianfranco Di Salce, anni 55, portiere di questo condominio. Il corpo senza vita è stato ritrovato dalla moglie, Ernestina Colli, di anni 51, intorno alle 11:30. Il Di Salce era steso compostamente sul letto sopra le lenzuola zuppe di sangue con il suo pene conficcato in gola. La signora Colli, sotto shock, è stata sedata ed ospitata in casa di un'inquilina. Un'agente è con loro. L'ho disturbata soltanto perché il questore Grandi mi ha ordinato di contattarla in relazione alla sua consulenza riguardo gli efferati omicidi che hanno avuto luogo in città»

«Povero Gianfranco! Lo conosco da quando ero ragazzina. Un tipo molto gentile. Quando mi capitava di passare davanti al portone mi salutava allegramente mentre spazzava il marciapiede liberandolo da cicche e foglie affinché non scivolassimo. Povera Ernestina! Che atroce destino! Perché il killer dell'anello?»

«Si tratta del quarto omicidio in cui la vittima presenta un anello al dito con l'effige di un Proteo. Quindi lei conosce la vittima ...»

«Sì, poi le spiego. Ora non è il momento. Mi faccia strada e mi accompagni sulla scena del crimine. Questa è la prima volta che visualizzerò dal vivo la condizione del cadavere e l'impatto dell'omicidio sull'ambiente circostante. Mi aiuterà a mettere a fuoco il modus operandi dell'assassino»

«Conoscendo bene la vittima, sinceramente non glielo consiglio perché l'azione del killer potrebbe emotivamente ferirla»

«Prendo atto del suo suggerimento e del suo tatto nei miei confronti: ora più che mai separerò Eleonora donna da Eleonora profiler. Voglio attentamente osservare e analizzare ogni aspetto di quella stanza prima che vengano fatti i rilievi dalla Scientifica e che il pool del patologo porti via il cadavere»

«Sfruttiamo questa mezz'ora che ci resta. Entriamo. Mi sembra ovvio, che, se dovesse avvertire un qualsiasi malessere, uscirà immediatamente e raggiungerà l'esterno facendo un bel respiro»

Gianfranco, sdraiato, supino sul letto, gli occhi sgranati, sguardo inespressivo, mostrava i tratti del volto mostruosamente deformati, tra le lenzuola intrise del suo stesso sangue. Eleonora procedeva cautamente, passo passo, guanti di lattice alle mani e calzate le copriscarpe monouso in polipropilene per non compromettere la scena, girava per la stanza quasi scansionando lo spazio intorno a sé. Notò sullo scendiletto un coltello insanguinato, probabilmente proveniente da un set da cucina: sembrava quello utilizzato dagli chef, a lama ampia, incurvata in tutta la sua lunghezza, rigida e dalla punta molto tagliente. In esso riconobbe il coltello utile per affettare. Al pollice della mano sinistra faceva mostra di sé l'anello, unico elemento in comune che, per il momento, collegava i quattro omicidi di cui si stava occupando. La Scientifica fece la sua comparsa. La Cantini e il Migliore fecero posto lasciando l'appartamento. Eleonora aveva in mano una busta da lettere chiusa, senza indicazione del mittente e del destinatario, raccolta da terra, sull'uscio di casa del portiere.

Non poté resistere. Strappò lateralmente la busta per non portare via eventuali tracce di DNA o impronte. Estrasse un foglio bianco, ripiegato in tre, in dimensione A4, dove si leggeva un breve testo in inchiostro rosso, vergato a mano:

«Mentre la Polizia cerca la pista
io mi nascondo in bella vista.
Voi vi affannate e nulla trovate,
io rido di voi che mi cercate.
Non lascio tracce non lascio impronte
mi dileguo all'orizzonte.
Quando al fin avrò terminato
svanirò nel nulla non condannato»

«Ehi, guardi qui. Ci sta prendendo in giro. Gioca con noi e ci sfida. È molto sicuro di sé. Piuttosto beffardo e canzonatorio», passando il foglio al commissario.

«Maledetto bastardo di un sadico psicopatico. Ce l'ha messa pure in rima!»

«Il simbolo del Proteo non è casuale. – commentò Eleonora, memore degli appunti presi in cui aveva riportato che quel dio aveva il dono dell'oracolo e della predizione del futuro – È vero che il testo è sarcastico ma contiene anche utili informazioni sul tizio: persona dotata di spirito artistico, si diletta nel poetare, dotto, mente acuta ed ingegnosa, natura dotata di fervente fantasia che forse ha trovato soltanto nel crimine libera espressione. - come parlando a sé stessa ad alta voce. Tornò poi a rivolgersi direttamente al commissario - È arrivato per noi il momento di parlare con Ernestina. Dovrò usare tutta la mia delicatezza e la mia empatia per farmi raccontare ciò che è accaduto dall'ultima volta che l'ha visto vivo»

«Se crede che la signora sia in grado di rispondere alle nostre domande in modo razionale... faccia pure. Lei la conosce meglio di me»

«A chi è stata affidata?»

«E' in casa della signora Silvana Mariotti, all'interno 8, scala A. Saliamo»

Bussò tre volte come convenuto e l'agente aprì loro.

«Venga avanti, commissario. La Mariotti l'attende nel tinello»

«Grazie, Piscopo. – poi rivolto ad Eleonora e facendosi indietro cedendo il passo - Prego, dottoressa. Prima lei»

Eleonora si accomodò su una sedia accanto alla signora Silvana. Voleva creare un'atmosfera confidenziale e pettegola, tipica di quei grandi condomini della città quando le casalinghe s'incrociano sulle scale o sui pianerottoli varcando le porte degli appartamenti per andare o tornare dal giro quotidiano per fare gli acquisti. Sperava in una piega ciarliera dell'interrogatorio.

«Mi racconti com'è andata. Quello che sa. Quali confidenze le ha fatto oggi o nel passato Ernestina?»

«Sono ancora sconvolta ed incredula. Ho sentito un urlo agghiacciante. Mi sono precipitata fuori di casa pensando ad un furto, ad una rapina in strada. Nulla avrebbe potuto prepararmi all'espressione di terrore dipinta sul volto di Ernestina che ho trovato accasciata appena fuori la porta del suo appartamento. Era talmente scioccata da non riuscire a comporre una frase che avesse per me un senso con quello sguardo perso nel vuoto come in trance o sotto ipnosi. Continuava come un automa a pronunciare il nome del marito. Sono entrata per cercare Gianfranco. Quando mi sono trovata sulla porta della camera ed ho visto tutto quel sangue sono fuggita via e vi ho chiamati»

«Conosce qualcuno che ce l'avesse con il signor Di Salce?»

«Nessuno poteva avercela con Gianfranco tanto da ucciderlo. Una persona innocua e comune come lui, a chi poteva dare fastidio?»

«È accaduto qualcosa, un evento, una circostanza, anche banale, una quisquiglia, che potrebbe avere dimenticato ma che adesso potrebbe acquisire un nuovo significato?»

«Quello che posso affermare è che da qualche mese diversi inquilini si lamentavano delle ingiustificate assenze di Gianfranco dal gabbiotto, cosa non usuale perché sempre preciso, disponibile, pronto ad intervenire per rispondere ad ogni esigenza manifestata da chiunque di noi. Si attivava a necessità come idraulico, elettricista, molto attento a mantenere in ordine le scale e l'entrata dello stabile, sempre con la scopa in mano per evitare che foglie e cicche entrassero dal cancello nel cortile»

«Lei come se lo spiega questo cambiamento, queste assenze così misteriose?" alla sua domanda la signora Silvana si irrigidì e circospetta, girò il capo e rivolse lo sguardo in direzione della camera in cui riposava Ernestina. Abbassando la voce, come in confessionale, riprese - Si sussurrava da tempo che Gianfranco avesse un'amante, approfittasse dell'assenza della moglie per incontrare qualcuno a sua insaputa. Io so per certo, anzi, mi sono convinta, che la donna in questione sia un'inquilina del condominio»

«Conosce l'identità della donna?»

«No. Mai vista nessuna donna entrare o uscire dal suo appartamento. Però...» Silvana s'interruppe all'improvviso come preoccupata delle conseguenze di ciò che stava per rivelare.

«Prosegua, signora Mariotti. Non tema»

«Avevo notato che una signora si attardava spesso in chiacchiere che sembravano avere un tono confidenziale, perché Gianfranco aveva uno sguardo rilassato e la signora era tutta sorrisi. Riflettevo che o riceveva molta posta o se la intendessero, quei due. Ma è una mia impressione. Non ho alcuna prova per affermare sia lei l'eventuale amante»

«Ci riveli il nome. Non l'accuseremo senza prove di alcun reato perché a tutt'oggi il tradimento non è perseguibile»

«Annarita Boscaglia» emise le due parole lanciandole come proiettili.

«Signora Mariotti, intanto la ringrazio per avere dato asilo ad Ernestina. Le resti vicino perché quando realizzerà ciò che è accaduto il dolore sarà immenso»

«Piscopo, mi avverta immediatamente non appena la signora Di Salce si sarà svegliata. - uscendo il commissario rivolgendosi all'agente - Abbiamo urgenza di parlare con lei»

Ripensandoci, la Cantini tornò indietro e rientrando in casa della Mariotti le chiese se la Boscaglia fosse sposata o meno. Sul viso della signora Silvana, intuendo la motivazione della domanda, si dipinse un sorriso malizioso e fornì la compromettente informazione.

«Il cognome del marito è Guarri. Si chiama Aldo Guarri. Scala C, interno 2»

Le testimonianze dei condomini della scala A non si rivelarono utili, tranne per due pensionati, la coppia di nonnini arzilli, Penelope e Gennaro Strozzi, che non tardarono ad informare il commissario e la profiler, delle numerose visite di Annarita Boscaglia al gabbiotto, spesso con scollature, a sentir loro, esagerate. Non mancarono di interrogare gli inquilini della scala B, tra i quali un certo Walter Rossetti, commerciante, che dichiarò di essere molto adirato con il Di Salce, in quanto negli ultimi mesi si assentava molto spesso dal suo posto di lavoro perciò si era deciso a sollevare la questione alla prossima assemblea condominiale, prevista da lì a quindici giorni.

«E ora andiamo a mettere sotto torchio la femme fatale» propose ironico il Migliore.

Per la scala profumi di cucina accolsero ed inebriarono gli inquirenti, da ore digiuni, che, decisi, suonarono il campanello della porta dell'appartamento della Boscaglia. Attesero qualche minuto: dall'interno non giungeva alcun rumore e stavano per convincersi non ci fosse nessuno. La porta si aprì energicamente. Una donna sulla cinquantina, in abito da casa, calzando pantofole, esternò tutto il suo fastidio per l'interruzione subìta e la visita inattesa.

«Non compro nulla; non sono interessata ad offerte e promozioni di telefoni, luce o gas. Non voglio sperimentare la comodità di materassi o depuratori dell'acqua e non utilizzo il Folletto e Dio l'ho già incontrato. Mi dispiace che vi siate scomodati ma ora ho da fare», apprestandosi a sbattere la porta in faccia ai malcapitati.

Il Migliore fu più veloce di lei e posizionò il piede tra la porta e lo stipite per impedirne la chiusura.

«Calma, calma. Quanta fretta, signora Boscaglia! - l'appellò Giulio mostrando il distintivo - Sono il commissario Migliore ed abbiamo necessità di porle qualche domanda. Ci fa entrare?»

«Mi scusi. Mi avete preso alla sprovvista. A che proposito? Perché siete qui da me? Cosa è accaduto? Accomodatevi. Seguitemi in salotto. Gradite un caffè, un tè?»

«No, grazie. Non abbiamo ancora pranzato. Dunque lei non è stata informata del grave fatto di sangue che ha sconvolto questo complesso stamattina»

«Quale fatto di sangue? Di cosa sta parlando? No, non so nulla»

«Bene, signora Boscaglia. Ci duole informarla che il signor Di Salce è stato barbaramente assassinato»

«Cosa, cosa? È impossibile! E'... Era un uomo per bene. Chi mai poteva avere motivo di fargli del male?» le parole quasi le rimasero in gola, sbiancò in volto e si accasciò sulla poltrona, quasi svenendo.

«Le vado a prendere un bicchiere d'acqua in cucina?» intervenne prontamente Eleonora.

«No, grazie. - rispose Annarita facendosi aria agitando la mano freneticamente davanti al viso - Che assurdità! Ma stava tanto bene... Morto…ma morto come?»

«È per questo che ci rivolgiamo a lei come a tutti coloro che lo conoscevano e lo frequentavano. Cosa ci può dire del Di Salce?»

«Era portiere di questo grande condominio da anni. Personalmente lo consideravo simpatico, disponibile, prendeva seriamente il suo lavoro. Era gentile, scambiava volentieri quattro chiacchiere quando aveva tempo, intrattenendosi in conversazione con tutti noi»

«Quando l'ha visto l'ultima volta?»

«Ieri sera andando a teatro con mio marito. Passando lo abbiamo salutato mentre chiudeva la portineria a fine servizio»

«Quindi lei questa mattina non è uscita di casa o non ha avuto occasione di incontrarlo?»

«No. Mi sono alzata tardi perché ieri abbiamo fatto le 02:00»

«Grazie delle informazioni. Se occorrerà, torneremo a farle visita. A proposito: suo marito è in casa?»

«Mio marito la mattina non è mai in casa. È dentista ed esce presto per raggiungere lo studio medico. Generalmente torna a casa la sera per l'ora di cena»

«Eventualmente se avessimo necessità di scambiare qualche parola anche con lui, ci faremo vivi in un altro momento. La salutiamo»

Nello scendere le scale, una porta al primo piano al loro passaggio si aprì e ne emerse furtiva una testa canuta con i capelli raccolti in una crocchia che si sporse quel tanto per invitarli ad entrare.
«Venite, venite... Devo parlarvi. Ho da farvi una confidenza»

Stupito il commissario, accettò l'invito seguito da Eleonora. La vecchietta li guidò in cucina e iniziò a raccontare sottovoce.

«Sono Giustina De Longo. Abito qui ormai da cinquant'anni. Sono vedova e trascorro le mie giornate facendo i ferri, guardando la TV e osservando ciò che avviene fuori dalla mia finestra. Tutte le mattine esco per recarmi in chiesa per seguire la messa di Don Luigino alle 08:00. Rientrando, dopo aver fatto la spesa, saranno state più o meno le 09:15, ho visto la signora Boscaglia entrare in casa del portiere»

«Mi scusi, signora De Longo, ma dov'è il problema? Il portiere veniva regolarmente contattato per prestare i suoi servizi, mettersi a disposizione per riparazioni ed interventi di ogni tipo...»

«Ma per piacere, commissario, non faccia l'ingenuo con me! Non mi dica che non sa che la povera Ernestina tutti i Mercoledì mattina, dalle 09:00 alle 11:00, si reca a fare la spesa al mercato e poi raggiunge le amiche nella pasticceria Il Dolce Piacere, in piazza... E secondo lei, mi scusi, una donna dabbene, sposata, entra in casa di un uomo quando la moglie è assente? Tutti sono al corrente della mattinata di Ernestina con le amiche»

«Carissima signora De Longo, la ringraziamo perché non eravamo a conoscenza di questo particolare: finora nessuno ne aveva fatto accenno. Però, mi domando, dov'è la notizia? Cosa vuole darci ad intendere?»

«Da tempo avevo il sospetto che tra quei due ci fosse una tresca. Troppo appiccicati, esageratamente complici, come se nascondessero qualcosa ed interrompevano la conversazione al passaggio degli altri inquilini»

«Abbiamo compreso. La ringraziamo di averci passato queste informazioni in suo possesso»

Mentre attraversavano il cortile, Piscopo raggiunse la Cantini ed il Migliore informandoli che la signora Ernestina si era destata. Quando varcarono la soglia dell'appartamento della Mariotti, Eleonora fu colpita dal pallore della donna, dalle occhiaie che le cerchiavano gli occhi arrivando fino agli zigomi, nonostante avesse dormito profondamente. Le andò incontro e le prese le mani nelle sue: erano gelate.

«Ernestina, come si sente? Possiamo rivolgerle alcune domande? Se la sente di rispondere?»

«Cara Eleonora, che disgrazia! Proverò»

«Quando hai visto l'ultima volta Giancarlo?»

«Questa mattina l'ho salutato come tutte le mattine passando davanti al gabbiotto della portineria, andando a fare la spesa. Stava smistando la posta, ha sollevato il capo al mio saluto, mi ha fatto un sorriso e sono uscita dal portone. Il Mercoledì è il giorno della mia libera uscita. Mi concedo queste due ore d'aria da trascorrere con le amiche mentre ci coccoliamo con qualche pastarella sedute ad uno dei tavolini della sala de Il Dolce Piacere. La mia vita sociale è tutta qui. Giancarlo non era tipo da vita mondana, ma neppure da cena a lume di candela. Trascorreva le serate pigramente davanti alla televisione e di uscire non se ne parlava anche se a me l'idea avrebbe fatto molto piacere. Quando eravamo fidanzati era diverso ma dopo qualche anno di matrimonio si era infilato nella routine pantofolaia della quotidianità domestica, senza un guizzo o un colpo di vitalità»

«Hai notato negli ultimi tempi qualche cambiamento in lui, nel suo comportamento, nei tuoi confronti o nei ritmi quotidiani? Aveva conosciuto qualcuno, una nuova frequentazione, seppur sporadica? Nuovi acquisti? Qualche regalo inaspettato?»

«No, assolutamente no. Era gentile e disponibile con tutti e specialmente con le signore verso le quali aveva un atteggiamento galante, forse un po' troppo cerimonioso, ma innocuo. Io, comunque, non sono mai stata un tipo geloso. E poi era anche nel ruolo di dover mantenere buoni rapporti con tutti i condomini»

«Ho i crampi allo stomaco. - uscendo da casa Mariotti - Ho bisogno di fare una pausa, mettere qualcosa sotto i denti. Vorrei sperimentare anch'io le coccolose bontà della pasticceria Il Dolce Piacere», propose Eleonora, sbadigliando dalla fame.

«Sono d'accordo. Vada per la pasticceria in piazza», accogliendo Giulio con entusiasmo l'idea.

Il commissario ordinò un cappuccino ed una fetta di sacher mentre Eleonora un caffè americano con una spruzzata di cacao amaro e una fetta di caprese abbinata ad un ricciolo di crema pasticcera. La donna, silenziosa, era concentrata nell'assaporare il dolce e farsi cullare dalle sensazioni che le papille le trasmettevano. Il suo volto era l'immagine della beata soddisfazione e non si rese conto che Giulio la osservava studiando attentamente i suoi ammiccamenti e il suo gustare la delizia, il suo muovere la bocca per dilatare il delicato sapore.

Volto ovale dalla carnagione molto chiara e dalla pelle luminosa ed uniforme, era come fosse disegnata sulla porcellana. Quei suoi capelli lunghi fino al seno color Tiziano scuro che pettinava con la riga a destra, lisci e raccolti a scendere sulla spalla sinistra oppure con frangetta a coprire una fronte ampia ed alta, morbidamente ondulati a contornare il suo viso. Gli occhi, un taglio particolare: lungo, a mandorla, iride color verde giada con ciglia che all'apertura dell'occhio, al sollevamento della palpebra superiore, spazzavano l'aria restituendo al volto un'espressione seducente e birichina, definita da labbra ben disegnate: un volto da bambola. Il commissario stimò un'altezza di circa 1,75 metri per 63 chili, più o meno.

Quando, suo malgrado, nel piattino rimasero solo le briciole che cercò di catturare con la forchettina, rivelando frustrazione, Giulio scoppiò a ridere ed Eleonora si risvegliò, emergendo dal suo intimo paradiso, comprendendo di avere dato spettacolo.

«Vedo che è capace di ridere di gusto di me»

«Era impossibile non apprezzare le sue faccine, il suo sguardo sognante pieno di desiderio»

«Mi piace mangiare cose buone. E qui si mangia veramente bene. È un'ottima pasticceria. Visto che lavoreremo insieme e ci vedremo spesso, potremmo darci del tu? Sarebbe più semplice. Te la sentiresti di fare un riepilogo, di scambiarci le impressioni sulla mattinata?»

«Accetterò il tu soltanto se mi rivelerai perché conosci così bene i coniugi Di Salce»

«Volevo evitare ma ti rivelerò che abito nel condominio di fronte a quello di Ernestina da una vita. Mi conoscono da quando ero un'adolescente»

«Beh, a questo proprio non avevo pensato! È una sorpresa. In effetti... Ma torniamo a noi. Vorrei proprio incontrare nuovamente la signora Boscaglia e sentire cosa avrà da commentare a proposito della sua visitina a casa della vittima»

«Piacerebbe anche a me. È d'uopo. Avrete sicuramente repertato cellulari e portatili. Oggi come oggi ognuno di noi comunica e si relaziona con conoscenti, parenti ed estranei tramite app, network e mail. Se vogliamo essere sicuri che il killer non abbia contattato tramite questi canali le vittime con un tranello, lanciando un'esca, dando un appuntamento e trasformarli in cadaveri è bene procedere minuziosamente all'analisi dei reperti papillari irripetibili. Vorrei eliminare definitivamente la possibilità l'assassino abbia conquistato la fiducia delle sue vittime presentandosi con un'identità fittizia, offrendo servizi, vendendo cose, svolgendo attività con le quali mettere a tacere la loro naturale refrattarietà a chattare con gli sconosciuti. Insomma le vittime hanno fatto recenti amicizie? Alimentavano contatti segreti?»

«Mi risulta che i colleghi in questo siano stati puntuali. Comunque verificherò e se necessario approfondiremo le analisi sugli strumenti elettronici di cui si servivano»

«Dunque, vorremmo approfondire l'episodio di questa mattina che la vede protagonista di una visita a casa del Di Salce», ripresentandosi alla testimone reticente.

«Ah, è vero. Sono passata da lui a ricordargli della perdita d'acqua del mio scaldabagno. L'avevo completamente rimosso alla tremenda notizia che mi avete portato. Però non mi sembra così determinante. Era il mio portiere e factotum del condominio. Tutti ci rivolgevamo a lui per piccoli interventi di manutenzione domestica»

«Sì, ma risulta che lei, in modo particolare, vi ricorresse spesso e sempre in fasce orarie in cui la signora Ernestina non era presente. Posso comprendere passare in portineria a fissare appuntamenti o chiedere aiuto ma presentarsi per entrare in casa... A sentire gli altri condomini, non sembra che il portiere vi avesse dato questa abitudine. Dobbiamo prendere comunque in considerazione che è stato assassinato proprio questa mattina. Dunque a noi risulta lei sia l'ultima persona ad averlo visto vivo. Per noi l'evento è sicuramente determinante!»

«Sospettate forse di me? Ritenete che io possa essere capace di uccidere una persona? Guardatemi: ho forse l'aria di un'assassina? Ho la faccia da criminale? Non potrei mai fare del male»

«Perché, secondo la sua opinione che faccia dovrebbe avere un assassino? L'80% degli omicidi ha movente passionale e dunque non sono premeditati. Tutti potremmo uccidere in un momento di stress o accecati dalla rabbia o sottoposti a forti pressioni emotive per lunghi periodi di tempo»

«Assolutamente no! Io non ho ucciso nessuno», dichiarò con veemenza la donna.

«Ci convinca. Presenti testimoni che possano confermare che quando è uscita da casa sua era ancora vivo», le suggerì il commissario mantenendo quel distacco professionale non lasciandosi influenzare dall'accorata esternazione.

«E come potrei? Ma chi si preoccuperebbe quando agisce quotidianamente di avere testimoni? Significherebbe avere doppi fini e agire in modo premeditato. - ribatté incalzando la Boscaglia - E poi, scusate: chi è che afferma io sia entrata in casa e non gli abbia parlato sulla porta?»

«Un testimone attendibile. È stata vista. Coraggio, signora Annarita, ci racconti come sono andate veramente le cose»

«E va bene: è vero! Sono entrata in casa di Giancarlo perché invitata... - s'interruppe per qualche secondo e poi riprese riconquistando freddezza e sicurezza - Ma non l'ho ucciso io!»

«Giancarlo? Dava del tu al suo portiere?» commentò la perspicace profiler sempre pronta a cogliere i minimi segnali che tradissero un alto coinvolgimento emotivo da parte dell'interrogato.

«Signora - intervenne Giulio Migliore - ci dica la verità: per quale motivo questa mattina si trovava in casa del Di Salce? Se è innocente come dice, eviti di farci perdere tempo; non ci maldisponga. È nel suo interesse»

Sotto l'incalzare del Migliore e della Cantini, la donna crollò, si arrese mentre le lacrime scendevano a rigarle le gote fiammeggianti per l'imbarazzo di ciò che si apprestava a dichiarare.

«Non l'ho ucciso io! Non l'ho ucciso io! Non dite niente a mio marito. Lui non sa nulla. Da qualche mese mi vedevo in segreto con Giancarlo: eravamo molto vicini»

«Eravate diventati amanti...», la imboccò Eleonora.

«Eh... Sì, lo ammetto. C'incontravamo il Mercoledì mattina perché sua moglie si tratteneva fuori più a lungo. Fu lui a stabilire questa condizione. Questa mattina mi sono presentata verso le 09:15. Dopo circa un'ora me ne sono andata perché aveva l'abitudine di riassettare prima che la moglie rientrasse»

«Quindi lei conferma che alle 10:15, più o meno, Giancarlo era vivo e vegeto»
«Sì, certamente! Facevo l'amore con Giancarlo; non lo sottoponevo mica a tortura!»
«Va bene, va bene. Ha altro da dichiarare?», domandò Giulio.

«No. Non saprei cos'altro dire»

«Allora, signora, stia tranquilla. Ma comunichi a suo marito che dobbiamo parlare anche con lui»

«Non ditegli nulla riguardo alla relazione. Vi scongiuro!»

«Non faremo accenno alla sua testimonianza. Non abbiamo alcun interesse a coinvolgerla se non ha nulla a che fare con il delitto»

Mentre percorrevano via Capo d'Africa il commissario rifletteva fra sé e sé sul comportamento incoerente della Boscaglia.

«Quanto ha impiegato ad ammettere di avere un amante... neanche fosse un reato!», esplicitò ad alta voce il Migliore.

«La fai facile tu! Agli uomini si danno gli Oscar se viene fuori che hanno l'amante, come fosse un merito o un riconoscimento di idoneità. - commentò stizzita Eleonora - Se è la donna ad avere l'amante, allora cambia tutto: si attribuiscono immediatamente significativi epiteti, si rovinano carriere e si colpiscono dignità»

«Non volevo assolutamente sostenere che la donna deve portare le corna mentre l'uomo le deve assolutamente evitare per status. Volevo solo affermare che rispetto ad un delitto il tradimento è meno grave e la signora per evitare di finire nei guai poteva confessarlo subito»

«Ritiro la mia constatazione se ti ho fatto passare per un maschilista e sessista», ironicamente si scusò, sorridendo mentre lo guardava facendogli l'occhiolino.

«Che ne pensi delle dichiarazioni dell'amante focosa?» le chiese, incuriosito, il commissario.

«Antipatica e strafottente ma non colpevole, ad una prima impressione. Troppo sicura di sé, autentica nella sua ingenua paura della reazione del marito al suo tradimento piuttosto che temere un'accusa di omicidio durante l'interrogatorio. Donna senza gusto e, certamente, poco raffinata, ma ripeto, non colpevole»

«Mi sembri molto sicura della tua opinione. Io meno. Per me è ancora nella rosa dei sospettati»

«Dimentichi comunque che non stiamo risolvendo un comune caso di omicidio di corna, litigi domestici, attacchi di gelosia fra infelici inquiline; piuttosto stiamo parlando del quarto omicidio di una serie. Come pensare che la signora, sospettandola per la morte del Di Salce, sia responsabile anche delle morti precedenti? Se dovessi puntare il dito su qualcuno e selezionare fra tutti coloro che sono coinvolti un sospettato, non sarebbe certo lei»

Tu guarda quanto dispettosa può essere la vita... Francesco è una persona gradevole, intelligente ma... Questo signor commissario ha qualcosa che... non saprei. Farò in modo di conoscerlo meglio..., pensava Eleonora rientrando a casa.

Svogliatamente uscì dal bagno avvolta nel telo spugna. Aprì le ante dell'armadio per scegliere l'abito da indossare per recarsi alla prima del Sistina a cui l'aveva invitata il questore Francesco Grandi con tanto di dopocena. Certo, persona interessante, senz'altro un bell'uomo, ma da cui non riusciva a restare coinvolta tanto da pensare di trasformare la loro sporadica frequentazione in una relazione. Non riusciva a vederlo come l'uomo presente accanto a sé in un rapporto di coppia. Era un uomo intelligente, a volte brillante, pieno di interessi e di iniziative ma, rifletteva con rammarico, doveva riconoscere, non era scattata la scintilla tra loro. Mentre indossava il tubino nero si ritrovò inconsciamente a confrontare il questore con il commissario Giulio Migliore. Professionalmente in un ruolo decisamente meno prestigioso ma che non appena lo aveva incontrato, certo, non le era passato inosservato: alto, spalle larghe, moro, occhi scurissimi, profondi e luminosi, che parevano poterle leggere dentro. Per un tipo così...

«Ho apprezzato molto lo spettacolo. Un musical trascinante, musiche potenti, di cui alcune indimenticabili. Grazie di avere pensato a me e di avermi offerto quest'opportunità»

«Mi fa piacere che tu abbia gradito. Ti porto in quel localino in cui abbiamo cenato la scorsa volta. Stasera c'è anche la musica dal vivo: un cantante accompagnato dal pianoforte.»

«Al Pasto Divino. Sì, sì. Vada per il Pasto Divino. Ha un'atmosfera tutta speciale. Presumo tu sia stato aggiornato circa gli sviluppi delle indagini sugli efferati omicidi in città» gustando l'antipasto a base di gamberi, Eleonora portò la conversazione sul professionale.

«Sì, sono informato. Ma tu ti sei fatta già un'idea precisa, completa, del ritratto psicologico dell'assassino?»

«Beh, un'idea preliminare ce l'ho. Pensare sia completa sarebbe proprio ingenuo e saccente da parte mia. Cercherei un uomo che ha bisogno di presentarsi per quello che percepisce di sè stesso e non per ciò che gli altri pensano di lui… Per ora di più non posso dire. Le persone che abbiamo incontrato e con cui abbiamo parlato, non possiedono, secondo me, né la cultura né la psicologia per architettare questi omicidi. Non parliamo di un assassino che agisce per vendetta, per passione o sotto l'azione di sostanze psichedeliche… Avrebbe già commesso qualche errore. Dietro questi omicidi percepisco premeditazione, ricerca e una notevole dose di crudele freddezza razionale. Probabilmente una persona abituata a organizzare, che ha molto tempo per pensare, programmare e gestire. Metodica, molto ordinata, di cultura superiore. Forse una persona che nella vita occupa un ruolo di responsabilità, in cui guida un team, coordina colleghi o collaboratori. La forza esercitata e gli strumenti scelti per essere utilizzati come armi mi fanno pensare ad un uomo. Ci sfida: arrogante, sfoggia un'altissima opinione di sé. Cerca la notorietà, la fama, il pubblico consenso. Vuole affermarsi. Questo è un aspetto che potrebbe tornarci utile»

«Ha più o meno di 50 anni?»

«Ribadisco: non metterei nero su bianco nessuna delle affermazioni che sto per fare. Ti risponderei meno di 50. Posso azzardare, ma questa deduzione devi prenderla proprio con le molle, che nella vita privata è single o sposato ma incastrato in un rapporto deteriorato, di conseguenza insoddisfacente e che gli lascia molto tempo libero, diciamo così...»

«Accipicchia! Non sarà un profilo definitivo ma hai tracciato un'immagine piuttosto articolata, assai complessa. Deduco che per te non abbiamo a che fare con un tipo banale»

«Assolutamente. Il soggetto è tutt'altro che banale anche se potrebbe essere chiunque. Comunque sia, ripeto, non c'è alcuna certezza in queste mie conclusioni. Considerale il risultato di uno studio in divenire»

«Cosa vorresti dire? Assisteremo ad altri omicidi senza poter far nulla per poter fermare il killer?»

«Purtroppo sì. Credo proprio di sì. Prepariamoci al peggio. Dispiace dover essere così pessimista ma non posso darti false speranze né farti credere sarà facile prenderlo perché farà di tutto per ridicolizzarvi, sminuirvi agli occhi della collettività»

Mi ha pennellato. È sveglia la ragazza! Ha fornito un quadro abbastanza accurato in cui posso riconoscermi... Questi due sono più intimi di quello che avrei potuto sospettare. Questa informazione mi sarà molto utile. La serata non è andata sprecata. Si rende necessario continuare a pedinarli...

Francesco si rabbuiò ma prese atto delle parole di Eleonora, non commentò oltre e dopo qualche secondo si rianimò cambiando argomento. Le prime note del pianoforte si diffusero nella sala e Francesco, rivolgendo lo sguardo in direzione della cantante che si stava avvicinando al microfono, manifestò la sua sorpresa nel riconoscerla.

«Ma guarda che coincidenza! Chi l'avrebbe mai detto... Sono trascorsi quasi vent'anni eppure è come se l'avessi incontrata ieri»

«A chi ti riferisci?»

«Alla cantante. Ti ricordi della medaglia di bronzo al valor civile esposta sul ripiano della libreria del mio studio che ha attirato la tua attenzione?»

«Certo, me la ricordo. E che c'entra la cantante?»

«Ora ti spiego. Non ho mai fatto pubblicità della motivazione per cui mi è stata riconosciuta quella onorificenza. Circa vent'anni fa, camminavo in viale Colli Portuensi. Mi stavo recando a fare visita al mio storico amico Anselmo. Saranno state più o meno le 19:00 quando sentii un urlo terrificante ed alzando gli occhi, scorsi una donna che si sbracciava ad un balcone. Vidi le fiamme uscire dalla finestra del secondo piano del palazzo. Mi precipitai in quella direzione e individuata la pulsantiera pigiai tutti i bottoni chiedendo di aprire il portone e di evacuare lo stabile in gran fretta causa incendio invitando a chiamare i vigili del fuoco. Raggiunsi per le scale l'appartamento salendo a due a due i gradini, facendomi largo fra gli inquilini che nel frattempo cercavano di conquistare la strada. Nessuno rispondeva all'interno ma sentivo il pianto disperato di un bambino. Presi a calci la porta tentando di sfondarla e dopo diversi tentativi ero dentro. Le fiamme avevano già interessato tre stanze. Chiamai ripetutamente la signora ed il bambino e quasi strisciando, faticando a riconoscere cosa c'era intorno a me a causa del denso fumo, giunsi davanti ad una porta. La spalancai e trovai il bimbo di circa cinque anni che si era rintanato sotto il letto spaventato e sotto shock. La signora riuscì a raggiungermi mentre uscivo dalla camera con il piccolo in braccio. La donna si agganciò a me perché faticava a respirare. Rapidamente conquistammo l'esterno mentre sentivo le sirene delle autopompe avvicinarsi. La cantante al microfono è la signora in questione»

«Che bella storia! Mi posso vantare di frequentare un eroe»

«Ecco, appunto. Proprio quello che ho sempre cercato di evitare tacendo questa storia. A fine serata andrò a salutarla e te la presenterò»

Durante il dessert, nel momento in cui la donna sembrava in un atteggiamento più confidenziale, Francesco allungò la mano a sfiorare quella di Eleonora e le sorrise proponendole un salto a casa sua per un drink di fine serata.

Saldato il conto, i due si diressero verso l'angolo in cui si trovava il pianoforte e con uno smagliante sorriso Francesco rivolse il suo saluto alla cantante. Mara riconobbe subito in lui l'uomo che l'aveva soccorsa nell'appartamento in fiamme, salvando la vita a lei e al suo bambino che quella sera, ormai adulto, l'accompagnava suonando il piano.

06 LUGLIO

Nessun parente, amico, collega o conoscente delle vittime ha mai notato indossassero quell’anello. Non sono stati trovati riscontri con associazioni, club, fondazioni ed altro che possano far sospettare le vittime fossero iscritte come soci, adepti, partecipanti che giustificherebbe avere un anello con simbolo come stemma identificativo. Questi erano i due aspetti ormai certi sui quali stava riflettendo Eleonora mentre in cucina era in attesa il bollitore raggiungesse la temperatura ideale e segnalasse che poteva versare l’acqua nella tisaniera. Quindi si poteva definitivamente affermare senza il rischio di incorrere in errore che si trovavano davanti all'unica e sola alternativa: gli anelli appartenevano all’assassino. Lo stesso assassino aveva scelto quel simbolo per firmare gli omicidi. Lo considerava il suo marchio di fabbrica. L’anello con l’effige di Proteo era un'inoppugnabile dichiarazione che lo identificava come artefice dei delitti. Non era stata da parte del killer una scelta casuale quella di fare di Proteo il suo simbolo. In esso egli rivelava chi fosse realmente o meglio chi avrebbe voluto essere. La profiler era più convinta che mai di aver a che fare con una persona colta, probabilmente dai gusti raffinati, una mente brillante, un’intelligenza superiore alla media.

Sospettava di trovarsi di fronte ad un individuo che stava subendo una metamorfosi, una trasformazione a causa di una rara malattia congenita responsabile della deformazione del suo aspetto, celandolo dietro ai travestimenti; oppure era alla ricerca di una rinascita interiore, un nuovo inizio per dare corso ad una diversa esistenza ricca di quelle soddisfazioni che nel passato gli erano sfuggite o che gli erano state negate. Si domandava se non stessero dando la caccia ad un tipo che in società tendeva a mimetizzarsi, tenendo nascosta la sua vera indole, preferendo dare di sé un'immagine, un'idea che non corrispondeva alla sua profonda natura: non si sentiva compreso. Non credeva potesse vantare un'intensa vita sociale. Anzi, probabilmente non era apprezzato.

Che umanità di falliti! Formichine impazzite che si agitano inutilmente dietro chissà quale obiettivo. Automi inconsapevoli del loro destino, che agiscono in un'esistenza anonima ed inutile, indottrinati come messi in azione da un deus ex machina che non si occuperà mai di loro, inadatti persino a ricoprire il ruolo di vittime nel grande disegno, così il soggetto che occupava i pensieri della Cantini elucubrava sulla finalità della vita umana.

Quasi a dargli ragione, una ragazza distrattamente lo urtò facendogli scivolare dalle mani il foglio scritto in corsivo di suo pugno in cui aveva annotato un nome ed un indirizzo.

«Signorina, faccia attenzione! Guardi dove mette i piedi. Potrebbe essere pericoloso camminare urtando gli altri pedoni»

«Sono proprio dispiaciuta. Sono in ritardo ad un appuntamento»

Egli raccolse il foglio ed innervosito si diresse verso l'abitazione ivi indicata. Seduto ad un tavolino esterno di un bar di fronte al portone del palazzo notava un via vai continuo di gente che entrava e usciva. Dopo qualche ora di appostamento ritenne opportuno fare un sopralluogo all'interno dello stabile per verificare presenza di cantine o box auto da usare per una seconda uscita come via di fuga di emergenza ma all'ingresso venne immediatamente fermato dal portiere che gli chiese chi cercasse. Colse la palla al balzo e lo informò avere un appuntamento dal notaio Silifone. Salì con l'ascensore fino all'ultimo piano per sincerarsi dell'esistenza di una terrazza, di scale antincendio esterne e di ripostigli eventualmente da utilizzare come nascondiglio o base operativa da cui sgattaiolare non visto. Scese le scale osservando attentamente i pianerottoli e gli interni individuando l'appartamento interessato proprio di fronte allo studio notarile al secondo piano. Nel lasciare il palazzo concluse non fosse il caso di agire in questo contesto ma di dover pensare ad una soluzione alternativa e più sicura in un'altra location dove ambientare la sua scena.

«Approfitterò per recarmi in palestra. Sono quasi certo di trovarla impegnata in una seduta di allenamento»

Si erano fatte ormai le 21:00.

22 LUGLIO

La suoneria dello smartphone la fece sobbalzare, svegliandola di soprassalto, in piena fase rem, ancora ad occhi chiusi. A memoria, portò il braccio al comodino e recuperò il telefono, che implacabile, non aveva alcuna intenzione di lasciarla in pace. Sbadigliando, con la voce impastata e l'espressione contrariata, rispose.

«Pronto?»

«Mi perdoni se la disturbo a quest'ora impossibile. Sono il commissario Ludovico Novelli del commissariato di Piazzale Verano. La contatto, mio malgrado, sotto suggerimento del questore Grandi: c'è stato un nuovo omicidio, sicuramente della serie Proteo. Potrebbe raggiungermi in Via dei Ramni alla palestra Fitness Body Slim?»

«Tempo di farmi una doccia, vestirmi e prendere un taxi. Non faccia avvicinare nessuno al cadavere, neppure il patologo e gli uomini della Scientifica. È fondamentale che osservi il corpo prima di ogni altro. Arriverò lì prima possibile»

Varcata la porta a vetri dell'ampio locale che faceva da sala d'attesa e da reception, un agente le andò incontro fermandola, cercando di impedirle l'accesso alla palestra. Senza scomporsi, gli mostrò il tesserino che la identificava consulente della Polizia.

«Prego, mi scusi, dottoressa Cantini. È attesa dal commissario Novelli. Mi segua, le faccio strada»

In fondo ad un lungo corridoio, due agenti piantonavano la grande palestra.

«Commissario, è arrivata la dottoressa Cantini»

Un uomo, sulla quarantina, moro, occhi chiari, dall'improbabile taglio di capelli, le venne incontro, presentandosi, con forte accento veneto.

«Buongiorno, dottoressa. Non perdiamo tempo, le mostrerò la scena del delitto»

L'accompagnò alla lunga parete laterale dove era fissato il quadro svedese. Impressionante la scena che le si parò davanti: una donna vi era appesa. Corde e nastri ancoravano braccia e gambe agli staggi. Il corpo, al quale erano legati pesetti ed anelli, appariva scomposto e tumefatto. Poco distante un bilanciere ed una chiazza di sangue. Il volto della donna era una maschera irriconoscibile. Lasciò strada al patologo.

«La vittima è Lucrezia Falaniti, personal trainer della palestra già da tre anni. È stata riconosciuta dalla divisa indossata ed anche perché era l'unica che si intratteneva fino a tardi per allenarsi. L'ha trovata la donna delle pulizie, la signora Filomena Ravagli questa mattina alle 05:00»

«Parlerò più tardi con la signora Ravagli. Dottore cosa può dirmi in prima battuta?»

«Un aspetto del genere con ematomi diffusi, la pelle quasi totalmente livida, la presenza di schegge d'ossa che fuoriescono dalla pelle mi fanno concludere che gliele hanno spezzate probabilmente con gli stessi pesi che poi hanno legato al corpo. Posso supporre dalla temperatura del fegato che sia deceduta tra le 02:00 e le 04:00 di questa mattina. Oltre non posso aggiungere. Posso far intervenire la Scientifica ed i paramedici per far portare via il cadavere?»

«Certamente. Attenderò il suo referto. Per ora la ringrazio. Commissario mi condurrebbe dalla signora Ravagli? - ma come ripensandoci, tornò improvvisamente a rivolgersi al patologo - A proposito: è stato ritrovato un anello sul cadavere?»

«Ah, stavo per dimenticarlo. - osservò il patologo tirando fuori da una tasca del camice una bustina trasparente al cui interno aveva conservato il cerchio incriminato - Ecco qui l'anello che consegnerò alla Scientifica. Era appeso all'orecchino del lobo destro»

S'intromise il Novelli, recuperando la domanda che Eleonora gli aveva posto.

«Sì, mi segua. È sotto shock. Le hanno dovuto somministrare un calmante»

In compagnia di un'infermiera, nella saletta adibita ai massaggi, Filomena Ravagli, 55 anni, stesa sul lettino, sguardo perso nel vuoto, occhio fisso, non muoveva un muscolo; la vita sembrava averla abbandonata. Il commissario si accertò se la testimone fosse in grado di rispondere a qualche domanda.

«Provate. Ma la signora era in condizioni disperate»

Alla prima domanda, Filomena biascicò qualche parola incomprensibile, farfugliò suoni indistinti, indecifrabili.

Tentarono con una seconda domanda ma il risultato fu assai deludente e decisero di riprovare dopo 48 ore; la fecero scortare a casa dopo aver rintracciato il marito.

Immersa nella vasca, riempita di acqua odorosa, in cui aveva disciolto sfere di sali rinfrescanti e rinvigorenti, che dissolvendosi emanavano vapori profumati alla magnolia, sensuali e penetranti, Eleonora provava a rilassarsi con il capo poggiato sul cuscinetto gonfiabile, gambe sollevate che emergevano ciondoloni dal bordo dell'invaso. Desiderava liberarsi dalla raccapricciante immagine della Falaniti ancora impressa nella sua mente.

Devo assolutamente trovare il bandolo di questa matassa così intricata. Dal primo omicidio ha compiuto un salto di registro: la brutalità, la ferocia in questi delitti ha preso evidentemente il sopravvento. È palese un'escalation del tasso di crudeltà che si manifesta nell'agire sul corpo senza vita torturandone le membra. Delle 206 ossa quante ne saranno rimaste intatte della Falaniti? Non posso permettere che l'assassino deturpi i corpi di innocenti in questo modo. Quel bastardo si sta proprio divertendo ed è l'aspetto, per me, più sconvolgente di tutta la faccenda. Cosa mi sfugge? Quale dettaglio non ho colto sulle scene del crimine che ho esaminato? Riepilogando: quali sono i dati certi? Gli omicidi sono studiati a tavolino; sono progettati nei minimi particolari da una mente brillante che ha molto tempo a disposizione per evitare errori; perfezionista; maniaco dell'organizzazione. - riflettendo fra sé e sé mentre automaticamente le sue mani erano in acqua e si muovevano come i piedi palmati di una papera - *Probabilmente agisce da solo quindi sono alla ricerca di un uomo, dai 35 ai 45 anni, bianco, dall'aspetto comune, che non si ricorda, non penso abbia una fisiognomica caratteristica, tratti somatici che possano attirare l'attenzione di chi lo incrocia e rimanere impressi. Devo concludere che sia fisicamente forte per poter sollevare un corpo a peso morto e gestirlo perché assuma le posizioni più disparate. Questi delitti presentano elementi offensivi tendenti a distruggere l'immagine della figura umana. Quanto odia l'umanità questo tipo? Perché? Possibile non trovare tracce organiche sulle scene dei delitti che gli appartengano lasciate involontariamente mentre è impegnato in azioni così cruente: sudore, peli, capelli, pelle, squame, ciglia, saliva?*

Il flusso dei suoi ragionamenti fu improvvisamente interrotto dall'irriverente squillo del citofono che insisteva affinché gli si prestasse attenzione. Si sollevò indolente e scocciata, si avvolse nel telo spugna, cercò le pianelle finite sotto il lavabo e più rapidamente possibile raggiunse l'apparecchio.

«Chi è?»

«Ciao, Eleonora. Sono Giulio. Posso salire? Devo ragguagliarti sulle ultime del caso Di Salce.»

Dopo alcuni secondi d'imbarazzo per l'inattesa ma graditissima visita a sorpresa, mentre il suo volto s'imporporava leggermente, recuperò autocontrollo e lo rassicurò.

«Certamente, sali pure. Ti apro. Terzo piano, interno 5»

Mi ha sottratta da una piacevolissima esperienza dei sensi perciò, seppur la decenza consiglierebbe di presentarsi abbigliata in modo consono, penso proprio di dovergli fare pesare l'interruzione subita ma che potrebbe rivelare un risvolto più piccante, ridendo fra sé e sé.

Attese il suono del campanello e decise di farsi trovare con l'espressione più innocente che poté dipingere sul suo viso ed aprì la porta al Migliore.

«Ciao. Accomodati. Ti faccio strada in salotto. – propose Eleonora godendo segretamente, senza darlo a vedere, dell'interdetta espressione che lesse sul volto del commissario – Siedi dove preferisci, su una sedia o sul divano. Cosa ti posso offrire? Un caffè, una bibita od un aperitivo fresco?»

«Vada per l'aperitivo così poi se ti fa piacere ti offrirò il pranzo.»

«Pranzare insieme mi fa molto piacere ma per oggi ho già dato e non ho alcuna intenzione di rinunciare alla frescura acquisita con l'abluzione che hai interrotto. Mi ero organizzata per pranzare a casa per cui, se non ti dispiace, pranzeremo qui. Allora vado in cucina per gli aperitivi. Ti consiglio di rinunciare alla giacca ed alla cravatta. Mi sembri molto accaldato»

«E' una buona idea. Ti aspetterò qui ma non tardare. Accetto volentieri l'invito a pranzo. Grazie.»

«Tempo di rendermi presentabile e preparare da bere.»

Indossò un abitino di cotone dalla fantasia fiorata, molto estivo, dalle sottili bretelle, con scollatura quadrata.

Disposti i bicchieri sul vassoio, in uno versò tisana allo zenzero, spremuta d'arancia e ghiaccio.

«Alcolico o analcolico?» S'informò, poi, urlando dalla cucina ed attendendo la risposta.

«Alcolico ma non troppo. Con ghiaccio.»

Nel secondo bicchiere introdusse qualche cubetto di ghiaccio e vi versò un prosecco.

Camminava circospetta nei suoi infradito, sostenendo il vassoio per evitare di far traboccare i liquidi mentre percorreva il corridoio.

«Eccomi. Ce l'ho fatta in breve tempo, credo.»

Il Migliore sorbì deciso il dissetante prosecco e lo deglutì emettendo un sospiro di sollievo. Poi ricordando di avere usato la scusa delle indagini per presentarsi a casa di Eleonora passò ad esporre i fatti, come aveva programmato.

«Volevo aggiornarti sull'interrogatorio del Guarri, il marito di Annarita Boscaglia, la famigerata amante ma ho fatto un buco nell'acqua perché ha confermato gli orari forniti dalla moglie e non ha saputo raccontare niente di più. Ho intenzione di procedere facendo richiesta al magistrato del mandato per ritirare le registrazioni delle telecamere di enti pubblici, uffici, condomini su questa strada, relative all'intervallo di tempo che ci interessa. Ho pensato si potrebbe procedere confrontando le immagini di chi è entrato e uscito dal condominio del Di Salce con le immagini delle riprese delle telecamere relative ai luoghi degli altri delitti. A questo proposito contatterò i colleghi inquirenti che stanno investigando sugli altri omicidi.»

«Ottima idea! Siamo in sintonia. Constato che le tue cellule grigie sono in spasmodica attività come le mie in queste ultime ore. Mentre mi refrigeravo nella vasca, rielaboravo i dati certi ed eventuali percorsi investigativi da intraprendere anche alla luce della nuova macabra impresa del killer.»

Nel frattempo Eleonora, gambe accavallate, la mano destra occupata dal bicchiere, il braccio sinistro piegato, il gomito poggiato sul tavolo, lentamente, stancamente riallineò le gambe e si alzò dalla sedia facendo cenno a Giulio di seguirla in cucina. Era ora di preparare il pranzo.

In piedi dietro alla Cantini che gli voltava le spalle mentre davanti ai fuochi seguiva il sugo per condire gli spaghetti alla chitarra, riprese il divertente botta e risposta.

«In televisione non si parla d'altro. Tutti esperti, tutti investigatori della Domenica, tutti intelligenti tranne gli inquirenti che indagano. Sono stato contattato dalla redazione di NetworkCronacaTevere per un eventuale intervento in diretta in studio nella trasmissione Tutti i Delitti in Cronaca condotta da quel giornalista che in mezzo ai più efferati crimini vi sguazza come una carpa nel laghetto… Non ricordo il suo nome in questo momento.»

«Come no... Ho capito a chi ti riferisci: Manrico Sconcerto. Ampolloso, fracassone, trombone che si circonda di opinionisti fatti in casa, appositamente selezionati affinché supportino le sue megalomani conclusioni. Sembra avere un orgasmo quando si approssima al culmine delle sue incredibili argomentazioni.»

«Rilevo che ti sta molto simpatico, lo stimi e non perdi una puntata delle sue ricostruzioni tridimensionali della scena del crimine! - ironico commentò Giulio - Un'apoteosi del disastro, l'accademia del detective scoglionato. Mentre ascoltavo la proposta che mi veniva fatta, non sapevo se ridere all'idea di essere consultato da lui davanti al plastico dell'appartamento del Di Salce o piangere dallo sconforto per essermi aggiudicato la partecipazione a quel teatrino dell'assurdo.»

Il Migliore, quasi vergognandosi della sua inattività davanti alla concitata operosità di Eleonora, si offrì intanto di apparecchiare. La donna rilanciò, cogliendo la palla al balzo, suggerendogli di lavare accuratamente con bicarbonato la frutta da scegliere a preferenza dal cassetto inferiore del frigorifero, sbucciarla se necessario e tagliarla in dadi per la preparazione della macedonia. Dopo mezz'ora, scolata la pasta, versata nel tegame per amalgamarla alla salsa, mantecando con il pecorino, si voltò, preoccupata del silenzio che era calato tra loro e si avvide della destrezza del commissario nel taglio geometrico.

«Sei abile in cucina. Sarà contenta tua moglie alla quale offrirai un utile supporto...» buttandola lì, per indagare sul suo stato civile, informazione che le premeva molto e che voleva subdolamente estorcergli.

«Ma quale moglie... Ci mancherebbe! Sono ancora troppo giovane per pensare di fare entrare una donna in casa, figuriamoci a prendere moglie...»

«Non è necessario vincolarsi o accasarsi: amante, compagna, fidanzata, relazione a distanza, ognuno a casa sua. Anch'io sono restia all'idea di condividere quotidianamente questo mio appartamento, zona interdetta agli estranei, area strettamente privata ma ogni tanto ospitare una persona speciale, trascorrere qualche serata insieme ed organizzarsi per un fine giornata all'insegna di sensuali intrattenimenti… Perché no?»

«Sono lusingato che non sia considerato un estraneo, che sia stato ammesso in questo femminile santuario in cui, intuisco, il testosterone è interdetto. L'invito a pranzo, perciò, assume ancor più valore per quest'uomo molto poco speciale.»

Il primo pomeriggio proseguì sereno e spensierato animato da simpatiche allusioni e poco innocenti approcci.

«Vorrei mi offrissi l'opportunità di ricambiare la tua squisita ospitalità»

«Ce ne sarà sicuramente l'occasione perché mi aspetto che tu mi ospiti in casa tua in un futuro molto prossimo… Siamo intesi»

«Ah! Quindi l'invito a pranzo non è stato proprio gratuito... - osservò Giulio sorridendo – Considerati mia futura ospite. Non ti farò pentire. Me la cavo ai fornelli. Posso fare la mia bella figura. Non deluderò le tue aspettative.»

Credo non deluderesti nessuna delle mie aspettative, pensava Eleonora stringendogli la mano mentre gli apriva la porta per salutarlo.

Inaspettatamente Giulio si chinò e gli stampò un bacio sulla guancia.

«Ciao, Eleonora.»

«A presto, Giulio. Resto in attesa del tuo invito.»

Come le sembrava vuoto e troppo silenzioso il suo appartamento ora che egli se ne era andato. Aveva perso l'abitudine di ricevere ospiti. Ne era piacevolmente sorpresa e grata che le fosse stata offerta questa opportunità. Non avrebbe mai immaginato di poter sperimentare una sintonia così potente con una persona conosciuta casualmente per lavoro.

Non ho minimamente pensato a Francesco. Com'è possibile che con lui con cui ho una fattispecie di relazione non abbia mai sperimentato l'alchimia che spontaneamente avverto in compagnia di Giulio?

26 LUGLIO

Finalmente Eleonora ricevette la telefonata di cui era in attesa: il Novelli le confermava l'appuntamento presso l'abitazione della signora Filomena Ravagli. Al primo piano di uno stabile anni "70 del Casilino, quattro giorni più tardi, alle 16:00, furono accolti in un modesto tinello dove furono invitati ad accomodarsi mentre la testimone, solerte, si recò a preparare il caffè. Nell'attesa, si guardarono intorno, riscontrando un'atmosfera tipica di una famiglia piccolo borghese di uno dei tanti enormi agglomerati urbani della città: il gatto nero con una macchia bianca sulla fronte, in perfetto equilibrio, percorreva la ringhiera incandescente del balcone esposto al Sole; il nipotino di circa tre anni, in canottiera a righe orizzontali bianche e blu e pantaloncini corti, seduto sul pavimento a piedi nudi, giocava lanciando le macchinine che scivolavano sulle mattonelle lisce. Nulla poteva recriminarsi circa la perfetta pulizia di quell'ambiente che tradiva la professione della padrona di casa che rientrò nella stanza, sorreggendo il cabaret con le due tazzine, la zuccheriera e i due cucchiaini per girare l'aromatico espresso promesso.

Si sedette al tavolo rotondo, coperto da un grande centrino bianco, intorno al quale già si erano accomodati la Cantini ed il Novelli. Constatarono che la signora aveva recuperato spirito ed una buona cera e avvertirono la sua disponibilità a rendere la sua testimonianza.

«Signora Filomena ci racconti, più dettagliatamente possibile. Cosa è accaduto quella mattina?»

«Come tutti i giorni alle 05:00 in punto, mi trovavo davanti alla porta sul retro della palestra. Quella mattina la prima cosa che mi colpì fu la porta socchiusa, fatto che non si era mai verificato perché, anche se la donna uccisa aveva l'abitudine di intrattenersi fino a tardi, il custode alle 22:30, prima di andare via, uscendo, la chiudeva a chiave. Di ciò sono fermamente sicura: conosco Filiberto, persona fidatissima ed estremamente responsabile. In dieci anni non è mai accaduto abbia dimenticato una luce accesa, una finestra od una porta aperta.»

«Mi scusi se la interrompo: qual è il cognome del custode Filiberto?»

«Colla. Mi sono subito allarmata. Sono entrata, mi sono messa in ascolto per cogliere eventuali rumori estranei. Ho pensato alla presenza di ladri… Mi sono fatta coraggio, nel totale silenzio, ho percorso lo stretto corridoio, sbirciando negli spogliatoi, ma era buio. Filtrava, però, dalle alte vetrate, il chiarore dell'alba che mi dava la possibilità di procedere senza accendere le luci. Avevo paura per cui ho composto il 112 ma nel momento in cui mi apprestavo a inoltrare la chiamata, mi sono ritrovata in palestra e me la sono vista davanti… Una scena da film horror. Non potrò più dimenticarla. Dopo un intervallo che mi è sembrato un'eternità, perché non riuscivo ad emettere parola, a muovermi, ero completamente bloccata, tremavo e non potevo distogliere lo sguardo da quell'orrore, dopo qualche minuto, dicevo, sono riuscita a contattarvi. Il resto lo sapete»

"Non ha visto nessuno entrare o uscire al suo arrivo: persone che si guardavano intorno, atteggiamento sospetto, presenze ingiustificate a quell'ora…»

«No, sinceramente no. Non ricordo ci fosse qualcuno nei paraggi. Ho intravisto sulla strada principale il furgone del lattaio che, come ogni mattina, rifornisce il bar all'angolo.»

«Che lei sappia, signora Filomena – s'intromise Eleonora – sono presenti nella palestra telecamere a circuito chiuso o telecamere di sicurezza esterna in corrispondenza delle due entrate?»

«Sì, sicuramente all'esterno. All'interno non ne sono informata. Provate a chiedere al signor Lobato, il gestore della palestra»

«La ringraziamo per la sua disponibilità. Eventualmente avessimo bisogno di qualche altra informazione la contatteremo. Grazie, per ora. È stata molto gentile. La lasciamo. Buon pomeriggio.»

La sera stessa Eleonora si precipitò a recuperare il cellulare dimenticato nella borsa abbandonata sul divano; la suoneria si era attivata e ciò inconsciamente la mise di buon umore ma constatando fosse il Grandi che la cercava, ne fu delusa: era un altro l'uomo da cui desiderava essere contattata. Quell'uomo, invece, latitava. Sembrava avere dimenticato la sua promessa.

«Buonasera, Eleonora. Finalmente sono riuscito a liberarmi. Ti ho chiamata perché domani mattina ho indetto una riunione a cui parteciperanno tutti i responsabili delle indagini relative agli omicidi di Proteo. Ho sentito la necessità di aggiornarmi, anche in conseguenza dell'ultima vittima del Tiburtino. Preparati a relazionare, a fornire qualche nuovo spunto.»

«Ok. Allora ci vediamo domani mattina. Nel tuo ufficio?»

«Sì, nel mio ufficio in Questura»

«Ciao. Buonanotte»

Era piuttosto scocciata dall'insistenza del questore, dal martellante assillo che il Grandi, involontariamente, preoccupato dall'escalation del caso Proteo, dalla pressione dei media che ormai in cronaca parlavano soltanto degli inspiegabili omicidi, stava esercitando su di lei. Pensava come fargli metabolizzare l'inevitabile crudele realtà: per tirar fuori un identikit psicologico, mettere a fuoco una personalità, che potesse essere di ausilio alle indagini che tanti uomini di diversi commissariati stavano faticosamente svolgendo, sarebbe occorso un lungo periodo. Era necessario portare avanti un lavoro certosino ad incastro come a far combaciare le tessere di un puzzle e come tale occorreva tempo, molto tempo. Intanto era subentrata nelle indagini quando i primi tre omicidi erano già avvenuti. Era stata costretta a procedere accontentandosi di un'attenta riflessione sulle foto scattate dalla Scientifica della scena dei crimini: individuare particolari, oggetti fuori posto che a prima vista potessero essere sfuggiti e che, ad una più mirata osservazione, nel silenzio, dove nulla potesse distrarla e disturbarla, invece potessero emergere su tutto il resto; comprendere come il passaggio dell'assassino avesse perturbato e modificato l'ambiente per dedurre come entrasse in contatto con la vittima designata; la scelta dell'arma. Successivamente avrebbe dovuto mettere a confronto le scene dei delitti per estrapolare anomalie ma soprattutto aspetti comuni.

Purtroppo gli unici dati certi erano le identità delle vittime. Non avevano alcuna idea circa il filo conduttore che legava gli omicidi ed il disegno seguito dal killer. Però aveva ancora almeno un asso nella manica da giocarsi: doveva necessariamente trovare l'artista, l'orafo che aveva creato l'anello. Un nuovo spunto poteva arrivare proprio da quella direzione. Decise che si sarebbe dedicata ad una ricerca in internet per tentare di scoprire se qualche orafo in città trattasse o realizzasse monili di quel genere.

27 LUGLIO

Sarà presente anche Giulio. Dovrò trovare l'occasione per stuzzicarlo e capire perché non ha fatto seguito alla sua promessa. Sarò stata troppo invadente? Avrò esagerato sottoponendolo al fuoco incrociato delle mie domande? Avrà pensato che lo avessi scambiato per il soggetto di uno dei miei casi. Si sarà sentito costretto ad esporsi più di quanto avrebbe desiderato? interrompendo poi il corso dei suoi pensieri constatando fosse il momento di tornar seria e non divagare.

Entrando nel palazzo della Questura e varcata la soglia dell'ufficio del Grandi percepì la sensazione di ritrovarsi accerchiata dai sei uomini che sorseggiavano una bevanda fresca in attesa del suo arrivo.

«Bene. – commentò il Grandi - Ora siamo tutti presenti perciò possiamo cominciare facendo un giro di consultazione parlando uno alla volta mettendo a parte i presenti dei progressi ottenuti o dei passi intrapresi. Darei la parola al commissario che segue il primo omicidio in ordine cronologico: il dottor Strozzi. Prego, inizi pure»

«Salve. Ho soddisfatto la richiesta del commissario Migliore in relazione all'eventuale presenza di sistemi di sicurezza nell'appartamento dei coniugi De Sinolfi, datori di lavoro di Ania e del luogo del delitto, il cinema. Attesto che nell'appartamento è presente soltanto un sistema d'allarme, ma il portone del palazzo è dotato di telecamera fronte strada. Il cinema ha un sistema di telecamere sia interno sia esterno. Ho già provveduto a consegnare al collega il materiale visivo secondo le sue indicazioni dal giorno del delitto retrocedendo di una settimana. Per quanto mi riguarda non ho altro da aggiungere, purtroppo»

Intervenendo uno dopo l'altro i commissari incaricati degli altri omicidi riferirono di aver aderito alla richiesta del Migliore e di avergli consegnato i nastri delle riprese di telecamere. Poi arrivò il suo turno.

«Il delitto di mia competenza è relativo al portiere, il signor Di Salce, del condominio in via Capo D'Africa. È stato ritrovato senza vita nel suo appartamento. Ho provveduto a radunare i nastri della telecamera del cancello di accesso al condominio e delle telecamere di uffici pubblici, banche ed enti privati che potrebbero inquadrare il passaggio davanti al condominio in questione, seppur parzialmente. Ho coinvolto i colleghi richiedendo la consegna dei nastri disponibili alla consultazione nei pressi dei luoghi dei delitti sui quali stanno indagando, a seguito, ovviamente, dell'autorizzazione del magistrato inquirente»

«A tal proposito – interruppe il Grandi – avrei gradito essere consultato prima che tu prendessi l'iniziativa, per altro lodevole, per non restare spiazzato nel caso in cui il magistrato mi avesse contattato. Ma prego, prosegui»

«Hai ragione ma visto il numero di eventi che si sono sommati, istintivamente ho agito, spinto dall'ansia di arrivare ad un elemento determinate che ci potesse far fare un bel balzo in avanti. Per quanto mi riguarda ho esaurito gli interrogatori di tutti i sospettati o testimoni senza aver colto dati utilizzabili perciò m'immergerò nella visione di tutta quella mole di filmati da cui forse trarre qualche indizio o suggerimento»

«Allora come ultimo contributo ascoltiamo le conclusioni del collega Ludovico Novelli.»

«Commissariato San Lorenzo. Indago sull'omicidio di Lucrezia Falaniti, personal trainer, avvenuto in una palestra di via dei Ramni. Forse le immagini della telecamera che mi ha fornito il custode e che ho girato al collega Migliore riveleranno qualche indizio circa ladri o assassino che la donna delle pulizie è certa siano entrati dall'uscita sul retro, risultata straordinariamente aperta alle 05:00 di mattina, ora in cui la signora è arrivata sul posto per prendere servizio come ogni giorno. Ho interrogato tutte le persone informate dei fatti tranne il direttore della palestra, momentaneamente all'estero, ma che, contattato, ha promesso di presentarsi in commissariato non appena rientrerà a Roma, disponibile a fornire l'elenco degli iscritti, di tutti i dipendenti e relative informazioni in suo possesso»

«A conclusione di questa riunione conoscitiva diamo la parola alla dottoressa Cantini a cui chiedo di riassumere e fornirci il quadro delle sue riflessioni all'oggi ed eventuali novità»

«Per quanto riguarda il profilo non posso aggiungere altro a ciò che già ho esposto per esteso nella mia relazione di cui ho provveduto a stampare copia per tutti perché non ho ricevuto ulteriori spunti. Ho riassunto per chiarezza e praticità, come noterete a fine relazione, le mie supposizioni e dubbi in cinque domande. Ad alcune la risposta è stata già data perché siamo stati anticipati dagli eventi. Consideratele i cinque binari da percorrere che incrociandosi ci condurranno ad una stazione, alla meta dove si materializzerà la soluzione di questo intricatissimo caso. E a questo proposito, conducendo ricerche sull'anello, ho probabilmente individuato l'orafa che ha realizzato tale gioiello. Trattasi di Eva Santoreggia, nota per l'abilità nel riprodurre con metalli miniature di creature fantastiche. Ho l'indirizzo del suo laboratorio: MithosGold sito in Viale Europa. Ho trovato anche un recapito per prendere un appuntamento facendomi passare per una cliente»

«Bene. Ottima mossa. Visto che il collega Migliore ha agito da connettore nell'iniziativa delle telecamere a cui avete aderito, se non avete nulla in contrario, lo nomino coordinatore delle indagini del caso in oggetto. – raccolto il consenso dei presenti convocati, non si lasciò scappare l'occasione di una stoccata ironica a Giulio - E come afferma il detto: hai voluto la bicicletta, ora pedala! - infine, rivolto ad Eleonora – E lei, dottoressa Cantini, coadiuverà il coordinatore ed inizierà proprio dalla visita all'orafa»

28 LUGLIO

Alle 16:00 Giulio, puntualissimo, premette il tasto sulla pulsantiera citofonica dell'interno di Eleonora, che pronta lo attendeva come stabilito, per recarsi all'appuntamento che la laboriosa Eva Santoreggia aveva confermato. Scese in gran fretta le scale, uscì dal portone e venne sopraffatta dalla infuocata atmosfera romana della torrida Estate. Individuato il Migliore appoggiato alla vettura di servizio, gli rivolse un luminosissimo sorriso e senza salutare aprì la portiera posteriore e s'immerse con gran soddisfazione nel refrigerato abitacolo, seguita da un allibito Giulio.

«Buon pomeriggio, dottoressa!» con un certo sarcasmo il commissario.

«Ciao, commissario. Perdonami. Fuori fa troppo caldo per perdersi in convenevoli che possono svolgersi all'interno.»

Mentre si avviavano in direzione del laboratorio orafo si consultarono su come impostare l'approccio con la Santoreggia e Giulio fece segno all'agente di fermarsi qualche civico prima per non allarmare l'artista alla vista della volante. Tenendosi sotto braccio, fingendo atteggiamenti affettuosi, fecero ingresso e si diressero al banco dove una esile, giovane figura femminile, calzando sul viso un monocolo da orologiaio, intenta e piegata su un piccolo monile, allo scampanellio dell'apertura della porta a vetri, sollevò lo sguardo su di loro, li accolse salutandoli.

«Buon pomeriggio. Sono Eleonora Cantini. L'ho contattata ieri per un appuntamento.»

«Sì, sì. Accomodatevi – indicando alla loro destra un salottino – come posso aiutarvi?»

«Il soggetto a cui siamo interessati sono le divinità. Sembrerà strano ma amo molto quelle creature fantastiche dalla intrigante simbologia e vorrei mi mostrasse qualche sua realizzazione sul tema.»

«Una passione inusuale. Pochi clienti fanno richiesta di monili con soggetti così poco apprezzati. Intanto cosa vorrebbe vedere: bracciali, anelli, collane, un'intera parure… In argento, oro, acciaio, rame, titanio, platino… Con pietre a guarnire utilizzate per qualche particolare da mettere in rilievo… Scelga lei, tenendo conto che lavoro realizzando gioielli su misura e su precise richieste del committente per cui non ho molti oggetti pronti da sottoporle ma disegni e foto di opere già consegnate su cui non sia stata richiesta l'esclusiva»

«D'accordo. Mi proponga i gioielli disponibili in esposizione e tutto ciò che può fare al caso mio»

«Mi allontano qualche minuto per recuperare sul retro gli album. Nel frattempo, se gradite, vi offro una bibita fresca – estraendo da un mini frigo sotto il banco due bottigliette di cedrata – così la vostra attesa sarà più confortevole»

«Volentieri. Grazie. L'attenderemo qui»

La Santoreggia si palesò qualche minuto dopo tenendo tra le braccia tre voluminosi raccoglitori e avvicinandosi ai clienti li poggiò sul tavolinetto.

«Trascorrerete un bel po' di tempo in mia compagnia. Fate con calma. Non c'è fretta. Consultatemi per qualsiasi curiosità e chiarimento»

Per dare più credibilità alla loro copertura, Eleonora intrecciò le dita di una mano a quelle di Giulio e con l'altra iniziò a sfogliare il primo album alla segreta ricerca nell'ottimistica speranza di individuare l'anello con Proteo. Proprio quando non ne potevano più, la bibita era esaurita da tempo, gli occhi arrossati, ormai alla fine del secondo volume, sussultarono entrambi alla vista dell'oggetto desiderato. La loro improvvisa reazione non sfuggì all'attentissima ed interessata Eva.

«Finalmente uno sprazzo di vitalità accende il vostro sguardo. Cosa avete trovato di bello?»

«Questo anello con l'effige del dio Proteo è molto originale. Mi piace davvero. Mai visto un monile in giro con tale soggetto»

«Pensi che la storia di questa creazione è molto curiosa: intanto non è la commissione di una donna ma di un uomo che mi ha fornito il disegno ricco di dettagli e dopo aver visto il primo esemplare realizzato, ne ha ordinati altri tredici identici»

«Identici come, in che senso?»

«Stesso disegno, rifinitura, materiale ma ciò che in realtà mi lasciò perplessa, fu la richiesta che fossero dello stesso calibro. Mi sono domandata chi mai regalasse quattordici anelli tutti uguali, come se fossero destinati ad una persona molto distratta o a quattordici donne con le dita della stessa dimensione»

Il Migliore, compreso che l'orafa potesse fornire un identikit dell'assassino, avere più informazioni di quelle di cui fosse cosciente, estrasse il tesserino dalla tasca interna della giacca e si qualificò chiedendo una descrizione dell'uomo.

«Sinceramente, uno qualunque che non mi ha colpito, non ha lasciato in me un ricordo particolare. Mediamente alto, circa 1,75 metri, capelli ed occhi castani. Nessun segno di riconoscimento»

«Barba, baffi, un taglio di capelli insolito, bizzarro? Un accento o una cadenza dialettale tipica?»

«No, no. Non mi sembra proprio. Un individuo talmente anonimo, comune nel suo genere, che quasi l'ho completamente rimosso»

«Ora con molta attenzione osservi queste foto. Ci pensi bene prima di rispondere: riconosce una di queste persone? Potrebbero essere entrate qui come clienti, come coloro che accompagnavano una persona per acquisti eventualmente proprio in relazione a questo monile?» domandò il commissario mostrando le istantanee dei documenti di identità delle vittime del serial killer.

Dopo qualche minuto la Santoreggia con espressione neutra che non tradiva alcuna particolare emozione di fronte a quei volti, negò di averli mai visti.

«Potrebbe passare in commissariato domani in mattinata per tentare di realizzare un identikit del suo cliente dell'anello?».

«Certamente. Se può esservi di aiuto, verrò sicuramente»

«Ha per caso annotato la data di ordine, di consegna o può risalire al sistema di pagamento…»

«Generalmente riporto data di consegna e modalità di pagamento sul retro della foto, più che altro per mia memoria, per spirito di catalogazione.» sfilando la foto dall'album e consegnandola nelle mani di Giulio: contanti.

«Ho notato la presenza della telecamera lì in alto a destra. Funziona?» intervenne Eleonora.

«È operativa ma per non trasformare il laboratorio in un deposito di nastri, ogni settimana annullo e riutilizzo la cassetta. Non c'è modo di recuperare le immagini di mesi fa»

Dopo aver annotato i dati della foto, Giulio ribadì all'orafa la necessità di presentarsi in commissariato l'indomani, salutò ed uscì seguito da Eleonora.

«Se comunicassi al Grandi che il killer progetta di portare a termine quattordici omicidi, gli prenderebbe un colpo. Era già visibilmente contrariato quando gli ho chiaramente predetto che prima che saremmo riusciti a risolvere l'arcano e fermare l'assassino avremmo dovuto attenderci altri raccapriccianti eventi»

«Quindi hai posto come assioma che gli anelli appartengano al killer. Sono da interpretare come la sua firma ed è proprio lui a metterli sul corpo delle vittime»

«Non ho altre alternative perché pur spulciando nella quotidianità delle vittime, cercando elementi comuni tra ambienti frequentati, attività ricreative, professione, amicizie, volontariato, interessi culturali ed altro, soprattutto incrociando le informazioni ottenute riascoltando le testimonianze dei familiari e degli amici, dei vicini e dei colleghi, nessun elemento permette un collegamento tra loro. Ora più che mai, dopo ciò che ci ha raccontato la Santoreggia, posso confermare la mia tesi per cui queste persone non si conoscevano, erano estranee l'una all'altra e l'anello è l'unico elemento che le collega; ergo l’anello appartiene all'assassino. L’assassino è l’unico elemento comune tra le vittime»

«Ti riaccompagno a casa e con l’occasione potrei ricambiare stasera il pranzo che mi hai offerto a casa tua. Se ti va l’idea, se già non hai altri impegni. Potresti venire da me per le 20:30, tempo di farmi una doccia, cucinare e rendermi presentabile»

«Ottima idea! Mi hai anticipata. Giustappunto mi preparavo a farti una battuta per il mancato invito promesso quel pomeriggio a casa mia. Dammi l’indirizzo così ti raggiungerò per cena»

Alle 20:30, puntualissima, il campanello suonò e Giulio si apprestò rapidamente a rispondere e quando aprì la porta, rimase piacevolmente sorpreso dalla cura con la quale Eleonora si era preparata a quell'incontro domestico ed informale.

«Sei molto elegante!»

La serata trascorse serena ed Eleonora ebbe l’occasione anche di constatare che il commissario oltre ad essere una persona molto piacevole con la quale si trovava sempre meglio, sapeva anche cucinare bene. Il tempo volò via senza che se ne accorgessero, impegnati in chiacchiere rilassanti, conversazione frizzante ed approfondimenti sulla questione che li aveva fatti incontrare e che non abbandonava mai del tutto i loro pensieri.

«Senti, Giulio, il 30 Luglio è il mio compleanno e per l'occasione sto organizzando una cena con amici e conoscenti e ci terrei molto tu partecipassi. Ti va? Hai impegni?»

«Certamente. Verrò con piacere. Dove hai organizzato?»

«A Trastevere da LellaCucinabonaebella»

«Ah, lo conosco! Si mangia molto bene.»

«È andata! Ci vediamo dopodomani sera al locale alle 20:00. Invece – cambiando argomento a proposito dei nastri delle telecamere - mi interesserebbe venire in commissariato ed affiancarti nell'esame delle immagini se non comporta disturbo o ti crea problemi»

«Tutt'altro! È un lavoro noioso ma necessario per cui è gradita la compagnia. E poi quattro occhi colgono sicuramente più particolari rispetto a due. Tieni conto che io inizio sempre alle

09:00 e come tutte le mattine sarò lì e procederò alla visione delle registrazioni»

«Bene. Allora ci si vede domani mattina alle 09:00 ed ora tornerò a casa così riposerò sufficientemente e sarò vigile per affrontare la lunga seduta di analisi dei video»

«Ti accompagno, allora»

«Non è necessario. Sono venuta in taxi»

«A maggior ragione ti accompagnerò con la mia macchina. Il no non è ammesso!» sorridendo ironicamente ed anticipando un eventuale suo diniego.

«Se la poni in questi termini, non mi opporrò ed accetterò di buon grado la tua imposizione.» fingendo rassegnazione.

Quando la vettura si fermò davanti al portone del palazzo di Eleonora, la donna si avvicinò a Giulio per salutarlo prima di scendere dalla macchina ma l'uomo insistette per accompagnarla fino al portone. Ella impegnò qualche minuto alla ricerca del portachiavi nella borsa e quando stese la mano in direzione di Giulio, egli l'afferrò avvicinandola delicatamente a sé, cingendola alla vita con il braccio sinistro.

«Vorresti mi accontentassi di una banale stretta di mano? Non vorrai mica andare via così...» baciandola ricambiato.

«Buonanotte, Giulio. Ci vediamo domani.» Eleonora suadente, quando l'uomo sciolse il romantico inviluppo.

Il commissario raggiunse la macchina senza voltarsi e distratto dalle sensazioni provate, non si avvide che in una vettura ferma dietro la sua qualcuno lo stava osservando con molto interesse.

29 LUGLIO

Avviarono in scorrimento veloce le immagini fino ad un'ora prima del terzo delitto, Simone Flagelli. Quindi procedettero a velocità normale seguendo attentamente ciò che osservavano sullo schermo.

«Non riesco proprio a individuare alcun elemento particolare, un dettaglio che mi illumini, uno spunto che mi risvegli un ricordo, un dejà vu che mi faccia gridare: Eureka!» lamentandosi Eleonora.

«Con calma. Non facciamoci prendere dallo sconforto. Siamo nella fase iniziale. Di nastri ed immagini da passare al vaglio ce ne abbiamo per la visione di ore. Passiamo al quarto nastro di questa serie e per attivare al meglio i sensi e le sinapsi direi di farci portare un caffè dall'agente Nucci. Io prendo un espresso macchiato. Per te un americano, vero?»

«Wow, che memoria! Non ti sfugge niente»

Ormai, a quindici minuti dalla mezzanotte, con un solo paio di tramezzini digeriti da ore, occhi pesanti di cui facevano fatica a tener sollevate le palpebre, Eleonora si stiracchiò le membra anchilosate.

«Ho fame. - dichiarò ufficialmente la profiler - Interrompiamoci. È tardissimo. Voglio uscire da qui e respirare aria vera»

«Beh, per oggi finiamola qui. Mettiamoci un segno. Comunque mancano soltanto le riprese relative al delitto Falaniti. Peccato che questa full immersion non abbia prodotto i risultati sperati. Almeno così sembra. Ci resta la speranza che domani qualcosa spunti fuori e ci venga in soccorso»

«Allora andiamo a casa mia che ci facciamo un sacrosanto piatto di spaghetti perché tanto a stomaco vuoto non prenderei sonno»

«Imperativa la signora! Ben venga il piatto di spaghetti che non si rifiuta mai»

30 LUGLIO

Si presentò in commissariato pronta ad affrontare una nuova giornata di lavoro, stanca. Aveva dormito poco e male perché il suo sonno era stato continuamente disturbato ed interrotto dal fluire delle immagini e dei volti visionati il giorno prima. La sua mente li proiettava facendoli scorrere davanti ai suoi occhi sollecitata dalla sensazione di aver visto qualcosa di importante ma non sapeva cosa: non riusciva ad afferrarla, lontana e confusa, non era in grado di mettere a fuoco l'indizio mancante. Nervosa ed agitata, sembrava fosse pungolata nell'intimo.

Come varcò la sala dei monitor dove Giulio l'attendeva, venne accolta da un grande sorriso e dagli auguri rivoltile dal commissario bello, fresco e riposato, aspetto che la indispettì un po' ma coinvolta dal suo affettuoso abbraccio dimenticò immediatamente l'origine del suo malumore. La visione dei nastri dell'ultimo delitto venne interrotta più volte dalle chiamate che la profiler ricevette da amici e parenti intenzionati a manifestarle il loro entusiastico buon compleanno, incluso Francesco Grandi che si propose di passarla a prendere a casa alle 19:30. Nonostante le festose e ripetute telefonate, Eleonora conservò la concentrazione e la lucidità per puntare la sua attenzione su un curioso personaggio che visto di spalle, si dirigeva, con il suo carrello delle pulizie, verso l'uscita del retro, lasciando la palestra. Un uomo, di mezz'età, con qualche filo d'argento tra i capelli che, nell'avanzare, s'inclinava a destra, come fosse leggermente claudicante, con una gamba più corta dell'altra. Lo vide allontanare il carrello da sé ed abbandonarlo nel corridoio. Prima che la porta si richiudesse alle sue spalle, si sistemò, si assestò il colletto e sparì in strada.

«Ecco cosa mi ha tormentato tutta la notte e non mi ha fatto dormire!» esclamò Eleonora.

«Cosa hai visto di così interessante? Io non ho notato nulla»

«Per cortesia, attiva a rallentatore contemporaneamente le registrazioni degli altri delitti pochi minuti dopo l'omicidio. Poi ti spiego. Prima devo verificare una cosa. Devo essere sicura di quello che ho visto e riscontrato. - Nelle immagini relative al delitto della domestica Ana Santos, si vedeva un uomo, uno spettatore che, con folta barba, nascondendo il viso sotto il cappellino, usciva e si allontanava dall'area dei bagni e sistemandosi il colletto della camicia, spariva dal campo visivo della telecamera. Riesaminando le registrazioni del delitto Simone Flagelli, un inserviente in bermuda blu e maglietta bianca, percorreva il marciapiede esterno al comprensorio e ripetutamente si aggiustava il colletto della polo. Nel caso del delitto Di Salce, fu un postino ad attirare l'attenzione di Eleonora perché non distribuì lettere, buste o pacchi nelle apposite cassette; semplicemente si aggiustava la piega dei pantaloni ed il collo della giacca dell'uniforme. Bloccati i frames sui soggetti individuati da Eleonora, Giulio ancora era lì che osservava ma non capiva. – Devi concentrarti sul comportamento e le movenze di queste persone: l'uomo della ditta delle pulizie; quel signore con il cappellino nero; l'inserviente ed il postino. Ora non dirmi che ancora non vedi nulla. Ci sei?»

«Porca miseria, sì, ora ho capito! È comunque sempre la stessa persona, con le stesse abitudini, forse afflitto da qualche tic, che si cela sotto mentite spoglie. Non sappiamo chi sia ma almeno c'è un candidato certo al ruolo di serial killer. Peccato che nessuna telecamera lo abbia mai ripreso in pieno viso tanto da fornirci qualche dettaglio dei suoi lineamenti»

«Nulla di più si può dire, nulla di altro possiamo fare. Andiamo a mettere qualcosa sotto i denti e poi andrò finalmente a riposare qualche ora. Ci vediamo direttamente al ristorante da LellaCucinaBonaeBella per le 20:00»

«Ti passo a prendere?»

«No. Sono già organizzata e poi non mi troveresti in casa perché nel pomeriggio ho degli appuntamenti»

«Allora ci si vede direttamente al locale. A dopo»

Finalmente riposata e rilassata dopo un paio d'ore di sonno, una seduta dal parrucchiere e dall'estetista, vestita di tutto punto alle 19:30, si fece trovare sotto al portone, si accomodò nella macchina di Francesco ed insieme si recarono al ristorante per accogliere gli amici. Non appena entrò nel locale, Giulio, che la cercava con lo sguardo, la individuò nel gruppo fra alcuni invitati, le si avvicinò e con un sorriso augurale, le porse la pianta di orchidea blu Phalaenopsis, scelta appositamente con la supervisione di un vivaista esperto del linguaggio dei fiori.

La serata si animò ben presto, gli invitati si presentarono puntuali, non si fecero attendere, si poté fornire al cameriere l'ordine per iniziare a mangiare visto che tutti erano arrivati con appetito. La compagnia era affiatata perché si conoscevano da anni, l'unico nuovo elemento del gruppo era rappresentato proprio dal commissario Migliore che dimostrò una natura socievole e estroversa, disponibile alla chiacchiera, facile al sorriso, pronto ad introdursi nella conversazione con spirito ed acume, aspetti che Eleonora aveva avuto modo di apprezzare a quattrocchi. Il questore Francesco Grandi, al contrario, per carattere, era più posato e pur apprezzando la compagnia e l'atmosfera, non era tipo da battuta ed ironia, aspetto che lo lasciava un po' in disparte e lo faceva apparire più defilato, meno coinvolto. La festeggiata li aveva voluti vicino, uno alla sua destra, l'altro alla sua sinistra, non a caso, incuriosita dal confronto che ne sarebbe scaturito. Con nonchalance, facendo finta di non accorgersi dei tentativi, seppur discreti, di avvicinamento da parte del Grandi, la donna si destreggiava con maestria elargendo piccoli gesti di complicità ad entrambi, mantenendo un certo equilibrio.

Dopo l'antipasto, nell'attesa il cameriere ritirasse i piatti e servisse il primo, Eleonora girando lo sguardo intorno a sé per la sala, individuò una signora sui sessantacinque anni, seduta ad un tavolo vicino al loro, da sola, che li osservava, attratta probabilmente o forse disturbata, dalla spumeggiante e vociante comitiva. Ne provò quasi dispiacere immaginando la sua solitudine e per la sua espressione un po' appesa e spenta. Ma furono pochi istanti di mestizia perché gli amici, presto, con le loro voci gaie e le loro fragorose risate, la richiamarono a partecipare attivamente alla festosa adunata. All'improvviso l'attivazione della suoneria del cellulare del questore interruppe l'allegra convivialità. Francesco dopo aver ascoltato l'interlocutore si fece serio in volto.

«Arrivo subito. Non ti agitare. Sicuramente si tratterà di una contusione o di una brutta distorsione. Non sarà una cosa grave.» provando a stemperare l'ansia percepita in chi sembrava cercare conforto in lui.

Rivolgendosi ad Eleonora, si scusò con l'amica informandola che sua sorella era scivolata in casa e lo aveva contattato dal Pronto Soccorso richiedendo la sua presenza. A malincuore Francesco si alzò da tavola, salutò i colleghi e abbracciò calorosamente la profiler, rinnovandole i suoi auguri, prima di uscire dal locale. La serata, riuscitissima, stava per volgere al termine, quando si fece buio in sala e a distanza si scorse un cerchio di fiammelle fluttuanti che si avvicinava al tavolo della festeggiata. All'intonazione degli auguri, Eleonora spense le numerose candeline, le luci si riaccesero ed il cameriere ritirò la torta per poter tagliare le fette da dividere sui piattini. Raggiante, Eleonora, si accorse che la signora non c'era più, forse aveva lasciato il locale mentre le luci erano spente e si soffermò a pensare che avrebbe potuto offrirle una fetta della sua torta per migliorarne l'umore. Il cameriere cominciò la distribuzione del dolce, deponendo la prima abbondante porzione davanti a lei accompagnata da un biglietto. Incuriosita, domandò ad alta voce chi glielo avesse destinato ma sembrava non appartenere ad alcuno. S'informò presso il cameriere circa il latore del biglietto ed egli, candidamente, le riferì che lo aveva lasciato per lei la signora che era seduta al tavolo accanto. Ella lo aprì immediatamente e ne estrasse un foglio scritto a penna in corsivo:

Oggi sei nata trentacinque anni fa,
ma stai attenta nun poi scappà
Come poi vedè te sto vicino
Avoja a cercamme cor lumicino.
Quanno me gira te posso corpì
Mo' stai a vede' come va a finì.

Sorpresa e spaventata, sbiancò suo malgrado ed istintivamente porse il foglio a Giulio che lo lesse e rapidamente si alzò scattando verso l'uscita del locale. Rientrò poco dopo con aria delusa e nello stesso tempo incupito dalla mancata cattura del probabile Proteo.

«Non c'era nessuno fuori. - parlandole all'orecchio, cercando di alleggerire la tensione - Proseguiamo la serata. Non lasciamoci rovinare la festa. Ti accompagnerò a casa se vuoi e se lo reputerai opportuno, resterò a farti compagnia stanotte»

«Hai ragione. Per il momento facciamo finta non sia accaduto nulla. - sforzandosi di non fare trasparire l'emotiva reazione alla scampata minaccia - Non corro un pericolo immediato. Apprezzo l'offerta della compagnia per la notte»

«Va bene. Passeremo a casa mia, preparò una borsa e poi ci dirigeremo da te»

A fine serata, Giulio prese da parte il loro cameriere per verificare se avesse notato la donna seduta da sola al tavolo accanto e se potesse fornirgliene una descrizione. Il cameriere se la ricordava: una settantina d'anni; capelli corti di un rosso improponibile, chiaramente tinta; alta e robusta, da ciò che aveva potuto cogliere nei pochi sguardi che le aveva rivolto; vestita di nero. Riferì che gli era sembrata piuttosto nervosa, in ansia per qualcosa, forse in attesa vana di qualcuno che non si era presentato e poco interessata al menu, di scarso appetito e pure un po' tirchia perché non aveva lasciato neppure un euro di mancia. Ma l'aspetto che lo aveva colpito in particolare era l'ossessivo atteggiamento di toccarsi l'abito, le vesti, come dovesse continuamente accomodarli, eliminare le grinze della stoffa.

«Mi faccia una cortesia: venga in commissariato per ricostruire il volto di quella donna. Per noi sarebbe d'importanza fondamentale»

«Quindi era proprio Proteo. Che bastardo!» con rabbia Eleonora accartocciando nervosamente lo scontrino che aveva tra le dita della mano.

Quando entrarono nell'appartamento di Eleonora si erano fatte le 02:00. Voglia di dormire non ne avevano. L'ombra di Proteo aleggiava nell'aria trasferendo loro insicurezza e dubbio.

«Sono stata cieca. Avrei dovuto provare più interesse per una tipa del genere, fuori contesto ed osservarla con più attenzione.

Avrei potuto coglierla nella sua abitudine a sistemarsi i vestiti e collegare il soggetto ai diversi personaggi che ha così abilmente interpretato per noi. Invece mi sono fatta sfuggire quest'occasione irrepetibile. Che spreco!»

«Non è mica colpa tua. Del resto chi poteva immaginare che ci seguisse e che avesse l'ardire di sfidarci fino al punto di arrivarci così vicino per aumentare la pressione ed insinuare in noi la paura? Eri in una situazione di svago, coinvolta dai festeggiamenti. Come potevi essere interessata agli avventori degli altri tavoli? Piuttosto, domani, con tutta calma, mi fornirai i nominativi di tutti gli invitati in modo da poter chiedere loro se eventualmente abbiano notato la tizia. Sarà utile tracciare un identikit in base ai particolari che tu hai memorizzato del volto del killer travestito da donna di mezz'età. Voglio sottoporre le immagini selezionate dalle registrazioni delle telecamere e gli identikit a nostra disposizione al SARI. Potrebbe fornirci qualche riscontro basato sulle somiglianze e tirare fuori alcuni visi e relativa identità»

Ma non ci fu commento da parte di Eleonora. Guardandola in viso si accorse che la donna, forse provata anche dall'esperienza dell'inaspettato e sgradevole incontro con l'assassino, aveva chiuso gli occhi e si era addormentata con la testa reclinata sulla spalliera del divano che lentamente finì per scivolare sulla sua spalla.

11 AGOSTO

Ci mancava proprio una scena condita come questa come aperitivo a mezzogiorno! elucubrava il commissario Guacci Adele mentre giungeva in via Giovanni Caselli nella scuola elementare Istituto Privato Giovani Menti. Venne accompagnata dalla direttrice Bianca Vicetti nel parcheggio sul retro, luogo in cui era stata ritrovata senza vita la maestra Rita Cuccio. La Vicetti, un fiume di lacrime, volto stravolto, tremava mentre indicava l'auto in cui era adagiata, seduta al posto di guida, la sua amica.

«L'ho trovata io – si disperava - Ero uscita per recuperare nella mia automobile la cartella con alcuni documenti che dovevo consultare e vedendo la portiera aperta della sua auto mi sono avvicinata e questa è stata la straziante condizione in cui l'ho vista»

La vittima, seduta con la schiena poggiata sul sedile del conducente, presentava una penna conficcata alla base del collo in posizione centrale, insieme a numerose matite colorate che avevano penetrato con la punta profondamente la carne a mo' di collare; le braccia abbandonate lungo i fianchi. Una pozza di sangue si notava sull'asfalto accanto alla portiera e proseguiva fin dentro l'abitacolo sul tappetino e sullo schienale. La superficie interna della portiera appariva ricoperta di schizzi emateci probabilmente appartenenti alla vittima. Deceduta chiaramente a causa del trauma alla gola, aveva conservato un'espressione neutra, facendo supporre fosse stata sorpresa alle spalle. A qualche metro dalla vettura, un registro, le cui pagine venivano agitate da un'asfissiante corrente calda proveniente dal Sahara, giaceva a terra; risultava intestato a nome Biagio Torrini. Sopraggiunte volanti, ambulanza e Scientifica, la Guacci preferì allontanare dalla scena del delitto la direttrice per evitare si sentisse male alla rimozione del cadavere. Si fece condurre nel suo ufficio, dove, pensò, la Vicetti potesse sentirsi a suo agio, riacquistando un minimo di equilibrio emotivo, tanto da poter agevolare la sua concentrazione per poter far luce sulle vicende delle ultime ore.

«Signora Vicetti, ora con molta calma, mi aiuti a ricostruire le ultime ore di vita della sua amica. Come se le ricorda. - la sollecitò con gentilezza la Guacci - Più informazioni mi fornirà meglio sarà: dettagli, all'apparenza banali, potrebbero risultare determinanti alla risoluzione del caso. Non tralasci nulla e non tema alcun giudizio. L'ascolto»

«È stata una mattinata come tutte le altre. La signorina Cuccio aveva le prime tre ore di lezione; a lei è subentrata la collega Lucilla Serra, insegnante di educazione fisica. Prima di uscire dall'istituto è passata in direzione a salutarmi e ci siamo accordate per incontrarci in serata. Quello che so è che sarebbe passata in farmacia e poi sarebbe rientrata a casa – come scuotendosi dal torpore indotto dallo spavento – Oddio, povero Antonio!»
«Chi è Antonio?»

«Il fratello gemello di Rita. Morirà sul colpo alla notizia. Sono… Erano così legati…»

«Il registro di Biagio Torrini perché era in strada vicino alla vettura della signorina Rita?»

«Non conosco alcun Biagio Torrini; per lo meno non insegna in questa scuola e, posso affermare, Rita non conosceva alcun Biagio»

«Per cortesia mi faccia avere l'elenco degli insegnanti di ruolo ed eventuali supplenti che si sono alternati negli ultimi mesi con recapiti perché possa contattarli. Le viene in mente qualche altro particolare? Comunque questo è il mio biglietto da visita.

Non si faccia scrupoli. Mi chiami in qualsiasi momento di giorno come di notte se ha il minimo sospetto di avere dimenticato di parlarmi di qualsiasi aspetto, curiosità, ricordo abbia attinenza con Rita. Ultima cortesia: avete telecamere?»

«Telecamere no. Purtroppo no. Sarebbe stata per questo piccolo istituto una spesa ingente, al momento non reputata necessaria»

Un gran caldo si percepiva ed una corrente bollente risalente dall'asfalto soffiava sulla pelle dei pochi pedoni che coraggiosamente sfidavano le altissime temperature di quella stagione particolarmente secca camminando sull'assolata via Braccio Baldini. Tra loro il commissario Adele Guacci, quarantacinque anni, da quattro anni in forze a capo del commissariato San Paolo XV, che aveva la sensazione di squagliarsi come gelato sul cono nella mano di un bambino e che non vedeva l'ora di raggiungere lo studio commerciale Paresi dove era stato trovato senza vita il ragioniere Antonio Cuccio. Fisionomia alta e slanciata, Adele, di buon passo, si avvicinò alla reception della hall dove un potente condizionatore diffondeva aria deliziosamente fresca.

Dietro il bancone, la signorina Mariolina Conforti le indicò l'ascensore.

«Secondo piano» quasi mormorando con voce insicura.

Gli inquirenti furono accolti dal ragioniere Cesare Trillo che mostrò loro lo studio del collega assassinato. Era lui che per primo aveva dato l'allarme. La scena era raccapricciante: il Cuccio, seduto alla scrivania, era riverso sulla stessa. Presentava una penna conficcata nella trachea e matite colorate inchiodate nel collo, come indossasse un collare. La scrivania, la libreria alle sue spalle, il pavimento erano cosparsi di sangue schizzato a fiotti dalla vittima tanto che risultò impossibile avvicinarsi alla scena del delitto onde evitare di produrre orme ed impronte involontarie che la inquinassero.

La Guacci raggiunse il testimone rimasto fuori dallo studio in corridoio come tutti gli impiegati che incuriositi ed inorriditi al contempo provavano a lanciare brevi occhiate all'interno.

«Procediamo con ordine. Cosa mi può dire del ritrovamento del suo collega? Cominci dall'inizio»

«Antonio Cuccio è un tipo molto chiuso e riservato. Molto competente nel suo lavoro ma poco propenso a socializzare al punto da non avere mai accolto i ripetuti inviti a unirsi a noi per pranzare insieme preferendo portarsi il cibo da casa e restare a consumarlo in ufficio. Oggi, al mio rientro, la signorina Conforti mi ha avvertito che il mio cliente era arrivato in anticipo e che lo aveva dirottato nella sala d'attesa, qui, al secondo piano. Prima che me lo chieda: no, non lo conoscevo perché era il primo appuntamento durante il quale solitamente il cliente illustra la natura e la motivazione dell'incarico e le proprie esigenze. Abbiamo soltanto, come d'abitudine, registrato nome e recapito telefonico. Potrà farseli comunicare dalla signorina Conforti. Raggiunta la sala d'attesa, constatai che il cliente non c'era e, sapendo che il collega era sicuramente in studio, ho pensato di domandargli se lo avesse visto. La sua porta era socchiusa e quando l'ho aperta mi sono trovato davanti quella scena nauseante e vi ho chiamati immediatamente»

Visto che il Trillo non aveva altro d'aggiungere, in attesa arrivasse la Scientifica, Adele tornò dalla segretaria per approfondire la faccenda del misterioso cliente.

«Ha preso appuntamento un paio di giorni fa, prenotandosi a nome Ugo Nonni; il suo recapito è questo. – mentre lo trascriveva su un post it e lo consegnava ad Adele – Potrei dirle che è un uomo sulla quarantina; biondo con ridicoli baffetti rossicci; occhi chiari e calcato accento del Nord, forse veneto, però non sono esperta. Molto distinto, elegante in completo grigio chiaro, camicia bianca, senza cravatta, cosa che mi ha fatto pensare che sentisse molto caldo. Forse l'aveva tolta e l'aveva riposta nella sua costosissima valigetta di pelle color ruggine, molto alla moda. Ripensandoci ho trovato curioso quella che penso fosse una sua abitudine: toccarsi ripetutamente il colletto della camicia ed il bavero della giacca come se provasse fastidio»

«Mi scusi, sono incredula. Dov'è finito quest'uomo? Lei ha ricevuto un cliente verificando l'appuntamento; lo ha fatto salire al secondo piano e poi mi vorrebbe far intendere che non lo ha visto lasciare l'edificio? Ha forse il dono dell'invisibilità? Perché se è entrato, è pure uscito se poi ha deciso di non attendere il rientro del Trillo»

«Non mi sono mai allontanata dalla mia postazione proprio perché gli impiegati erano in pausa pranzo. Devo dedurre si sia nascosto da qualche parte o abbia trovato un altro modo per lasciare l'edificio ma è sicuro, lo affermo con assoluta certezza, non è ripassato davanti alla reception e non ha preso né l'ascensore né si è servito delle scale altrimenti mi sarebbe comparso davanti»

«Quanto tempo prima dell'orario previsto si è presentato qui il Nonni?»

«Mah, direi, ora che mi ci fa riflettere, mezz'ora prima o poco più, considerando che l'appuntamento era fissato per le 14:30»

«Ma non le è sembrato strano che questa persona si sia presentata ad un appuntamento con così largo anticipo?»

«In realtà la cosa mi ha stranito perché mi costringeva qui senza possibilità di fare un passo, considerato che al secondo piano c'era, come tutti i giorni da che ricopro questo ruolo, il ragionier Cuccio. Ho pensato che non avesse altro da fare di 11 Agosto; che fuori per strada era tutto chiuso a quell'ora; che per godere di un po' di refrigerio, avesse preferito rifugiarsi qui, accomodarsi per attendere il dottor Trillo, leggendo un giornale od una rivista. - La Guacci contattò gli agenti rimasti al secondo piano ordinando loro di iniziare una profonda accurata perquisizione dell'intero stabile perché era possibile che l'assassino non avesse fatto in tempo a lasciare l'edificio e si fosse nascosto in qualche sala o stanzino. Controllassero tutto, proprio tutto. A quel punto domandò a Mariolina se ci fossero telecamere interne o esterne. – Qui ce ne sono due sopra di me angolate a riprendere l'intera area della hall ma ce ne sono anche di esterne, alle entrate ed uscite ed al parcheggio. Al quarto piano c'è la sala che funge da centro controllo delle telecamere dove l'agente di sicurezza fa pausa e da dove riprende il giro alle 15:00. Potrebbe trovarsi ancora su»

Adele non perse tempo e ricontattò i collaboratori perché controllassero al quarto piano la presenza della guardia di sicurezza. Non trascorse molto tempo che le porte dell'ascensore si aprissero, rivelando la presenza di un uomo in uniforme da guardia giurata, tal Nino Portillo, accompagnato da un agente. La Guacci ringraziò il solerte poliziotto che rinviò ai suoi incarichi e s'informò dal Portillo circa la sua mattinata.

«Di solito copriamo l'intera giornata dalle 08:00 alle 18:00 - iniziò a relazionare il Portillo - ma un giorno a settimana, nella fattispecie, oggi, facciamo mezza giornata, la mattina il collega, Fabio Montino, mentre io copro il pomeriggio entrando in servizio alle 15:00. Sono arrivato in sede mezz'ora fa entrando, come da disposizioni, dall'accesso di servizio che si trova sul lato opposto dell'edificio per cui la signorina Mariolina non avrebbe mai potuto vedermi passare se non al momento del mio primo giro. La informo che la porta sul retro è sempre chiusa a chiave e l'ho trovata chiusa. Le ricordo, però, che anche questo edificio è munito di scala antincendio con accesso da ogni piano verso l'esterno. Le porte sono allarmate. Posso verificare che sia tutto in ordine»

«Sì, lo reputo fondamentale. Però non da solo. La seguo e ci faremo accompagnare dai miei agenti. Intanto approfitto per chiederle cortesemente la consegna dei nastri delle telecamere di oggi da poter conservare e fare consultare dagli esperti quale reperto. È possibile consultare i nastri dall'11 Luglio ad oggi?»

«Posso fornirle le registrazioni fino a circa dieci giorni fa perché è il massimo di permanenza del materiale elettronico poi cancellato per problemi di spazio. - Raggiunto il secondo piano, il Portillo la condusse precedendola in fondo al corridoio dove si trovava la porta antincendio e dove erano in attesa i tre agenti. La spia era spenta. – Questo proprio non ci voleva! A volte l'alta temperatura disattiva l'allarme di apertura della porta e forse anche oggi si è disinserito perché la spia è spenta»

Al primo tentativo dell'agente di aprirla, infatti, nessuna sirena si attivò nell'edificio.

«E ti pareva? Proprio il giorno in cui viene ucciso un uomo qui dentro. Ma che bella scoperta!» esclamò ironicamente e piuttosto infastidita ed indispettita da tanta superficialità il commissario.

Affacciandosi per controllare la scala esterna notò subito la strisciata prodotta al passaggio dell'assassino su una piccola porzione della ringhiera come impronta d'appoggio del palmo che si ripeteva lungo il corrimano, segno di avvenuto contatto perché ne era stata rimossa la polvere. Richiamò l'attenzione degli agenti sulla ringhiera chiedendo loro di fare intervenire la Scientifica per i rilievi. Decise fosse necessario chiedere alla signorina Conforti il recapito dell'agente di sicurezza Montino. Espletate tutte le formalità, lasciò sconsolata e sconcertata l'edificio per rientrare in commissariato a coordinare le indagini dei due raccapriccianti, incomprensibili omicidi dei gemelli.

Nel tardo pomeriggio ricevette la visita del dottor Achille Cetti della Scientifica che era particolarmente ansioso di rivelarle alcune scoperte fatte in fase d'indagine.

«Si è scomodato fin qui per me? La Scientifica per sua natura, generalmente, è assai ritrosa a far visita ai commissari preferendo si spostino loro o provvede a far recapitare incartamenti. A cosa devo questo onore?»

«Potrei risponderle che è dovuto alla sua bellezza ma non voglio passare per ruffiano. Seriamente, sono stato colpito dalle forti analogie dei due omicidi che riguardano il suo commissariato. Sono gemelli e questo era assodato, seppur già strano ma su entrambi i corpi abbiamo riscontrato la presenza di un monile, un anello con l'incisione di una creatura fantastica e un biglietto autografo che le vado a leggere:

Voi siete i topi, io sono il gatto
Gioco con voi graffiando con tatto
La vita si spegne negli occhi castani
I Cuccio decedon, voi siete lontani
Il bandolo avete, intricata è la matassa
Io guido la storia mentre il tempo passa
Non mi prenderete finché avrò vita

Nel mio testamento finirà la partita.

Le voglio dare un consiglio: contatti il dottor Grandi perché a mio avviso questi due omicidi fanno parte della serie Proteo. Ho avuto modo di essere consultato su altri casi della serie e so che è stato istituito un team che si occupa esclusivamente dei delitti di questo efferato assassino. Non proceda da sola, non faccia il cane sciolto perché, innanzitutto, potrebbe trattenere informazioni utili o andare alla cieca dove altri già hanno indagato e poi potrebbe rivelarsi molto pericoloso»

«Beh, è ovvio ora che so dell'esistenza degli anelli. Fino a pochi minuti fa indagavo nella direzione passionale od economica. Mai avrei immaginato fossero caduti vittime di Proteo»

Rimasta sola, con la foto del biglietto sullo smartphone, Il commissario Adele Guacci lesse attentamente quelle parole vergate a mano con penna rossa. Le tornò alla memoria la sua ex compagna di liceo, Marika Pea, oggi esperta grafologa. Le venne in mente che fosse opportuno suggerire di rivolgersi alla professionista affinché analizzasse il testo lasciato dal serial killer. Benché fossero poche righe, Marika sarebbe stata in grado di ricavarne informazioni utili alle indagini.

12 AGOSTO

Fabio Montino si presentò in commissariato a rendere la sua testimonianza.

«Ieri coprivo il turno della mattina ma avevo ottenuto il permesso di allontanarmi un'ora prima per presentarmi ad una visita medica. Dalla telecamera ho visto questo distinto signore con vistosa valigetta arancione entrare nello studio del ragioniere Cuccio. Ho considerato, passato alla reception e indirizzato dalla signorina Conforti al secondo piano, fosse un cliente con appuntamento. Poi, più o meno dieci minuti dopo, sono andato via passando per l'uscita di servizio sul retro. Questo è tutto ciò che so di quell'uomo»

Nel pomeriggio ricevette il corpo insegnante della scuola elementare che non poté fornirle informazioni utili al delitto tranne una collega della Cuccio, Zoe Piani, che, come del resto tutti gli altri, riportò giudizi professionali lusinghieri e personali molto positivi nei confronti di Rita. Raccontò che durante la sua lezione, mentre dettava nozioni agli alunni perché prendessero appunti, aveva gettato un'occhiata distratta dalla finestra in direzione del parcheggio e aveva notato Rita avviarsi verso la sua vettura. Richiamata all'ordine dai vocianti bambini, tornò alla sua occupazione ma ricordò di aver sentito sgommare e partire in velocità una macchina qualche minuto dopo riflettendo sulla inusuale condotta alla guida della collega e alla sua fretta di tornare a casa.

In serata contattò il Migliore, avvertendolo che avrebbe ricevuto i nastri delle registrazioni di sorveglianza dello stabile dello studio commerciale Paresi, le uniche disponibili. Giulio ne fu felice, se in quelle circostanze si poteva far riferimento ad un tale stato emotivo, ma tutto ciò gli offriva un'ulteriore valida occasione per incontrare Eleonora con la scusa della visione dei nastri. Ad Adele sembrò l'occasione giusta per proporgli di sottoporre allo studio di un grafologo il biglietto trovato accanto ai corpi dei fratelli Cuccio. Il collega ritenne il suggerimento valido informandola dell'esistenza di altri due biglietti recapitati dal killer in precedenti delitti. La Guacci si espose ulteriormente riferendogli che conosceva una bravissima professionista del settore, una sua ex compagna di banco a cui rivolgersi. Se lo avesse ritenuto opportuno avrebbe provveduto lei a contattarla e a farle avere le copie di tutti i biglietti. Il Migliore non tardò a chiamare la profiler proponendole perciò una pizza a casa sua da gustare durante il noioso passaggio delle immagini dell'omicidio Cuccio. La

Cantini accettò di buon grado l'invito soprattutto dopo aver verificato il significato nascosto dell'orchidea blu di cui l'aveva omaggiata: in lei Giulio leggeva sensualità e riconoscenza di essere nelle sue grazie e ciò le metteva addosso una strana allegrezza.

«Non ho avuto ancora modo di mostrarti l'ultimo biglietto trovato accanto ad entrambi i corpi dei gemelli Cuccio. - consegnandole una copia - Leggitelo e dimmi che impressione ne trai»

«Ci segue, ci osserva, non perde una nostra mossa e constatato non riusciamo mai ad incrociarlo al suo passaggio, dobbiamo dedurre abbia acquistato una tale sicurezza e padronanza nel congegnare i delitti e incastrare ogni volta ogni elemento, ogni dettaglio del singolo omicidio di cui si sta occupando tanto che mi sono convinta che per lui ogni assassinio sia un progetto architettato a tavolino, studiato nei minimi particolari, passo dopo passo, non lasciando nulla al caso. Le domande ancora aperte che secondo me non hanno risposta sono: come sceglie le vittime; come fa a sapere in che modo entrare ed uscire dagli ambienti dove queste persone vivono o agiscono con estrema semplicità, naturalezza come se ne facesse parte, raggirandole ed ingannandole con grande abilità attestata dalla complessa operazione di travestitismo che in ogni situazione mette in opera. Non tralascia un particolare, nulla è mai fuori posto. Ciò che mi spaventa più di ogni altra cosa è l'originalità, l'impegno che sta riversando in questo disegno criminale: ma nella sua vita non ha altro da fare? Quanto si annoia quest'uomo? Quanto è frustrato, deluso dalla sua esistenza? - fece una breve pausa per assicurarsi che il commissario l'ascoltasse con attenzione, seguisse il suo ragionamento mentre osservava il suo volto come a cercare conferma della sua approvazione alle osservazioni che stava esponendo - Ogni crimine è diverso per ambientazione, arma, contesto sociale, età, genere... Come serial killer è veramente anomalo. Generalmente sono menti ripetitive, basiche, scontate nella loro elementare brutalità espressiva: utilizzano sempre la stessa arma; preferiscono la stessa tipologia di vittima; in molti casi le caratteristiche fisiche degli individui colpiti sono le stesse; il reato è sempre della stessa natura. Nel caso di Proteo siamo di fronte ad una tale varietà di proposte, di contesti, di soluzioni che se non fossero firmati, li potremmo attribuire ad assassini diversi. L'unico elemento di riconoscimento e di collegamento fra tutti questi delitti è proprio la firma che lascia, però, soltanto per l'ossessiva necessità di essere riconosciuto autore di tanta opera… un Leonardo del Male»

«Perché si preoccupa di stupirci con tale esposizione di conoscenza e competenza? Se li ammazzasse infliggendo loro numerose pugnalate o prendendoli a bastonate, ugualmente avrebbe attirato la nostra attenzione»

«C'è in lui un desiderio di distinzione assoluta, di una smodata necessità di riconoscibilità ma soprattutto di affermare che è il migliore. Tutto ci dice: «Sono io. Sono qui. Esisto» È consapevole di essere intelligente. La sua arroganza ormai tocca vette da padreterno. Ma c'è di più. Ci sono individui che non sanno gestire le sconfitte dell'esistenza, non sanno trarne insegnamento, non hanno le capacità emotive e psicologiche per ripartire, raccogliere la sfida che la vita presenta per imparare dagli errori e riprovarci. Restano segnati nel profondo e l'esperienza negativa finisce per assumere significato assoluto, comportando perdita di sicurezza, di stima verso sé stessi, di determinazione, convinzione nelle proprie capacità di progettare e raggiungere l'obiettivo programmato. Si convincono che per loro non ci sia un futuro. Subentrano depressione, inoperosità e negatività. Come tutti, però, anch'essi possiedono una confort zone psicologica, quell'area comportamentale e d'azione in cui si rifugiano, che viene loro riconosciuta dalla comunità sociale. È l'unico caso in cui non sperimentano inadeguatezza. È quell'attività in cui finiscono per convogliare tutta la loro energia, il loro impegno razionale, le loro risorse perché è l'unico contesto in cui primeggiano, prevalgono, sperimentano il successo. Credi di conoscere un soggetto del genere?»

«Il nostro Proteo, certamente. Noi, però, in tutto questo darsi da fare per mostrarci la sua presenza, siamo ciechi. - amaramente rilevò Giulio - Brancoliamo nell'oscurità più nera e di lui cogliamo solo un'ombra, delle tracce inconsistenti. Egli gioca con il nostro essere inconcludenti, incapaci di capirlo e di prevenirlo. I ruoli si sono rovesciati: noi siamo la preda ed egli il cacciatore. È lui che si dà tanto da fare, perché, a pensarci bene, la nostra vita continua a scorrere esattamente come faceva prima della sua comparsa. L'unica differenza tra il prima ed il dopo Proteo, se proprio vogliamo dirla tutta, è l'aver incontrato te»

«In effetti, in mezzo a tutto questo nonsense, l'unica nota positiva è la nostra amicizia»

Vennero interrotti dal campanello che annunciava l'arrivo delle pizze consegnate dal fattorino.

Seduti uno accanto all'altra, Eleonora era molto attenta, immersa nell'individuare la comparsa sulle riprese delle telecamere del cliente dalla valigetta che tanto aveva fatto colpo su Mariolina. Giulio invece si era momentaneamente distratto osservando Eleonora, desiderando ridurre le distanze tra loro, sfiorando le sue spalle nude o poggiandole una mano sulla gamba ma fu anticipato dalla donna che, avendo finalmente visto Proteo entrare in scena, inquadrato nella hall, esultando ad alta voce, gli poggiò una mano sulla coscia. Giulio le sorrise ricambiato coprendo la mano di Eleonora con la sua.

20 AGOSTO

Le due donne procedevano con difficoltà, un po' affannate nella pesante afa estiva.

«Dopo la riunione certamente gradirai fermarti ad un bar per un gelato od una bibita fresca.» suggerì il commissario Guacci.

"Molto volentieri. In una giornata come questa è l'ideale, anzi consigliabile." commentò la dottoressa Pea, particolarmente accaldata.

La grafologa seguiva la sua amica in direzione della Questura per partecipare alla riunione indetta dal dottor Grandi nella quale aveva richiesto la presenza dei commissari coinvolti nel caso Proteo dove ella avrebbe esposto le conclusioni a seguito delle attente analisi svolte sui tre biglietti fatti trovare dal serial killer agli inquirenti. Marika Pea, di corporatura esile ma formosa, era alta più o meno 1.65 mt, per circa 50 kg. Viso ovale, dall'incarnato olivastro, era illuminato da due iridi verde acqua; le labbra ben tratteggiate, si atteggiavano spesso ad un sorriso malizioso che la rendeva particolarmente seducente. I lunghi capelli lisci nerissimi le incorniciavano il volto.

«Buon pomeriggio, colleghi. Vi presento la dottoressa Marika Pea che senza tanti preamboli invito ad entrare nel vivo della questione e a esporci i risultati del suo lavoro.» esordì il questore.

«Buon pomeriggio a tutti. Dunque, per iniziare, posizionerò le copie dei tre biglietti sulla base del videoproiettore in modo possiate seguire la mia esposizione più comodamente visionando le parole o le lettere che ho evidenziato in nero in modo possiate eventualmente intervenire per chiarimenti o sottopormi osservazioni. Intanto ciò che risulta evidente ad una prima occhiata è l'uso del corsivo da parte dell'individuo e dell'inchiostro rosso, elementi che attestano una forte personalità, un acceso individualismo, una manifesta volontà di emergere e distinguersi. Il rosso quale colore più carico e indicatore della vibrazione più stimolante fra tutte le percezioni cromatiche della gamma calda è spia di una psicologia molto energetica, sotto altissimo stato eccitativo e come primo chakra, il chakra della radice, individuato alla base della spina dorsale abbiamo indicazione che il soggetto è animato da pulsioni sessuali, da volontà fisica di esistere ed autoaffermazione»

«Mi scusi dottoressa se la interrompo: non ci risulta che eserciti violenza sessuale sulle vittime.» rilevò il commissario Gargiulo.

«Corretta osservazione ma in questo caso l'indicazione è da considerarsi rivolta al temperamento e cioè al provare immenso piacere nella fattispecie uccidendo, che in quell'individuo raggiunge un livello pari a quello sessuale» spiegò la Pea.

«Continui pure, dottoressa» intervenne il Grandi.

«Passiamo ora all'analisi dei segni, alle caratteristiche idiografiche. Iniziamo dall'altezza del carattere e dalla pressione con cui è segnato sulla carta. Appare evidente dai testi autografi che ci troviamo di fronte ad un soggetto appartenente ad un ceto sociale medio alto, in possesso di elevata preparazione culturale e osservando quanto siano calcate le lettere se ne può dedurre che manifesta un alto grado di sicurezza e una forte determinazione al perseguimento del suo obiettivo. La scrittura, come potete verificare ha un'inclinazione, una pendenza che piega leggermente verso l'alto a sinistra, tipico delle nature autodisciplinate, piuttosto seriose; spesso scontrose, tendenti all'asocialità. Dirò di più:

natura molto sicura, spericolata, con un alto senso di superiorità»

«La dottoressa Cantini, se non sbaglio, ci aveva già accennato a questa peculiarità della personalità dell'assassino: forte necessità di autoaffermarsi, di ottenere riscontro e riconoscimento della sua superiorità e data la presenza sulle vittime degli anelli utilizzati come firma, volontà di sottolineare la sua unicità» commentò il Migliore.

«Ho avuto il tempo anche di leggere la relazione della dottoressa Cantini e sono soddisfatta che le sue deduzioni e le mie conclusioni siano corrispondenti - fece una breve pausa per bere un bicchiere d'acqua e poi riprese l'esposizione - la piccola dimensione dei caratteri viene messa in relazione ad una personalità dominata dalla mente; ciò presuppone un procedere molto organizzato, un individuo che agisce con progettualità, molto razionale. Come in questo caso, quando la scrittura non presenta spazi fra le lettere all'interno delle parole abbiamo indicazione di continuità di pensiero e azione. L'elevata percentuale di inchiostro rispetto al bianco del foglio è indice di attività e realizzazione. Questa scrittura non è sempre chiara: ciò attesta ribellione e indolenza. Talvolta è molto rapida: sintomo di inquietudine. Sono presenti particolari grafici: i puntini sulle i, i tagli delle t, le gambette della a e della o. Essi sottolineano che dobbiamo immaginare una persona organizzata, che manifesta un elevato grado di attenzione, metodica a livello ossessivo e molto aggressiva. Con questo ho concluso la mia esposizione. Vi ringrazio della pazienza dimostrata e di aver mantenuto la concentrazione. Sono cosciente che ascoltare relazioni su questa tematica può rivelarsi noioso. Ho constatato che alcuni hanno preso anche appunti: ne sono lusingata. Sono contenta di esservi stata utile»

«La ringraziamo del tempo che ha dedicato a questa disamina e soprattutto della sua professionalità e puntualità che ha reso l'esposizione chiara ed interessante. Ora lasciamo spazio a commenti, interventi, curiosità e domande. Prego, iniziate pure»

«Secondo me parlare di aggressività riguardo agli omicidi portati a termine da questo tizio mi sembra voler essere inutilmente delicati. I delitti del Proteo sono particolarmente crudeli. - rilevò il commissario Frontelli - Riflettendoci ritengo abbia voluto disumanizzare le persone colpite, distruggere i loro corpi, svuotarli e renderli maneggevoli come divenuti bambole di pezza»

«Ha perfettamente ragione. Tenga presente che io ho esaminato soltanto i tre biglietti con le filastrocche che sono da considerare testi brevi. Lei ed i suoi colleghi potete farvi un'idea più accurata dell'individuo in questione. Siete voi a possedere il metro con cui valutare appieno la realtà perché vi siete trovati sulle scene dei crimini. Del resto conclusioni più crude le ha tratte la dottoressa Cantini che vi supporta nelle indagini e che ha studiato in prima persona le vittime»

«Potresti spiegare meglio cosa intendi per persona di elevata preparazione culturale? Stai affermando che è laureata?» intervenne la Guacci.

«Non semplicemente. Sto affermando che è un individuo molto intelligente; i suoi interessi e la sua curiosità lo hanno condotto ad approfondire molti campi del sapere. Una persona che potrebbe intrattenere conversazione su tanti argomenti e non annoiare mai. Quindi non è semplicemente un discorso di titolo di studio che può presentare, né di professione svolta che sarà comunque di un certo livello: professore universitario; direttore di un laboratorio chimico o dirigente. Siamo di fronte ad un gran cervello e farete i conti con uno che vi darà filo da torcere. Non ho insistito nella mia esposizione su alcuni elementi perché già ampliamente trattati dalla dottoressa Cantini»

Trascorsi alcuni minuti durante i quali non emersero altre considerazioni, il dottor Grandi pose fine alla riunione ringraziando in modo particolare la grafologa.

Eleonora mentre la sala si liberava, si era posizionata subito fuori dalla porta, sulla destra, in attesa che Giulio finisse di confrontarsi con i colleghi, li salutasse e la raggiungesse. Il Migliore le si avvicinò e la Cantini lo prese per il braccio, tirandoselo dietro, costringendolo a seguirla con passo sostenuto all'esterno della Questura per tornare alla macchina. Giulio le rivolse uno sguardo interrogativo, lo sguardo di chi non si sta raccapezzando e che ha rinunciato a far domande per stanchezza e per l'alta temperatura che, dopo quella marcia forzata dietro la profiler, lo aveva lasciato a corto di fiato, vittima quasi di un attacco d'asma. Immediatamente aprì le portiere con il comando a distanza ed entrò nella vettura attivando al massimo l'aria condizionata rischiando un coccolone. Mise in moto ma nel momento di ingranare la prima e partire, Eleonora finalmente aprì bocca e sciolse l'arcano.

«Senti... Mentre la grafologa esponeva le sue acute, determinanti conclusioni... Sì, confesso! - alzando la voce, sentendosi obbligata a confessare la sua colpa, in atteggiamento aggressivo, come un'alunna con la testa fra le nuvole sorpresa distratta dal suo maestro - Non ero attenta, non seguivo e la mia mente ha iniziato a vagare andando per la tangente. Per caso, sfogliando i miei appunti, mi è andato l'occhio su un qualcosa che fino ad oggi mi era sfuggita. - riaprendo la cartella e tornando a consultare la sua relazione sul caso Proteo - Se si prendessero in esame le date degli omicidi, risulterebbe: Ana Santos uccisa il 03 Maggio; Carlo Simonetti trovato morto il 23 Maggio; Simone Flagelli assassinato il 12 Giugno; Gianfranco Di Salce deceduto il 02 Luglio; Lucrezia Falaniti morta il 22 Luglio; i gemelli Cuccio eliminati l'11 Agosto»

«Cosa dovrebbe solleticare la mia mente in questo macabro elenco funebre?»

«Come, non hai capito? Mi riferisco alle date. Secondo me non sono casuali»

«Perché? Cosa rivelano queste date? A me non dicono nulla, non mi risvegliano nessun evento o particolare episodio»

«Ma no... Volevo farti notare che l'intervallo di tempo che intercorre tra un omicidio e quello successivo è praticamente sempre lo stesso. Seguimi: dal 03 al 23 Maggio passano venti giorni; dal 23 Maggio al 12 Giugno se ne contano altri venti; dal 12 Giugno al 02 Luglio ancora venti; dal 02 al 22 Luglio sempre venti ed infine dal 22 Luglio all'11 Agosto...»

«Venti. Ho capito, ho capito. Secondo te è fissato con il numero venti oppure quelle date sono speciali. Se non per noi, probabilmente per lui. Magari sono relative a episodi della sua vita»

«Non saprei dirti. È materia da approfondire» richiudendo la cartella.

«Senti un po'... - lasciato il parcheggio e diretto in commissariato - Non ti sarai distratta perché non ti stava simpatica Marika Pea? Ho colto toni sarcastici a proposito delle sue acute, determinanti conclusioni... Ti ha dato fastidio abbia letto la tua relazione? Oppure credi abbia voluto verificare, accertare la validità del tuo lavoro con le sue competenze? Insomma ti ha dato l'impressione volesse mettersi in competizione con te?»

«No, non è questo. Non voglio neanche pensare si sia data tanto da fare soltanto per appannarmi. Mi sono distratta perché l'ho trovata noiosa. Non avevo scelta: distrarmi o collassare. Una conferenza sulla grafologia altamente soporifera. - facendo il gesto di sbadigliare portando la mano davanti alla bocca a coprire lo spalancare delle fauci -Per tornar seri: credo che a questo punto potremmo essere in grado di prevedere la data in cui avrà luogo il prossimo omicidio anche se ne ignoriamo il posto e la vittima predestinata»

«Beh, in base alle tue convinzioni se i Cuccio sono stati uccisi l'11 Agosto, il prossimo omicidio avverrà il 31 Agosto. Non ci resta che attendere gli eventi almeno per dare una chance alla tua premonizione!»

31 AGOSTO

Sulla sedia a rotelle, Sebastiano Frischi, preoccupato e infastidito dall'insolito ritardo del commesso incaricato della consegna dei medicinali a domicilio per persone disabili, si arrovellava sulla necessità di rispettare le rigide disposizioni d'orario del dosaggio giornaliero indicate dallo specialista presso cui era in cura.

Ma quando arriva... Sono già le 20:00 ed ancora non si vede, quello scansafatiche di Manlio! La farmacia è in chiusura ed entro mezz'ora dovrei sottopormi alla terapia. Guarda tu, se stasera mi tocca saltare l'endovena. Come se me lo potessi permettere. Mica è acqua tonica!

Mentre rimuginava innervosendosi al pensiero di non potere procedere con la cura, sentì suonare il citofono, si avvicinò all'apparecchio, alzò la cornetta e aprì la porta, attendendolo con ansia sull'uscio.

«Dov'è Manlio? Chi sei tu?»

«Mi chiamo Guido. Sono il fattorino che sostituisce temporaneamente Manlio che questa mattina ha telefonato in farmacia comunicando di doversi assentare per malattia. -

mentendo spudoratamente, senza alcun motivo, semplicemente per il gusto di mentire - Mi scuso per il ritardo accumulato ma è la prima volta che faccio le consegne ed ho incontrato alcune difficoltà»

«L'importante è che ora sia qui. Manlio generalmente mi aiuta con la flebo. Posso chiederle questa cortesia? È capace?»

«Certamente. Ho studiato da infermiere anche se alla fine non mi sono laureato e sono costretto a rimanere in magazzino dove trascorro il tempo a riassortire gli scaffali dei medicinali. Oltretutto da qualche mese hanno meccanizzato il trasferimento delle confezioni dal magazzino al punto vendita così non vedo più anima viva per tutto il giorno. Il solo scambiare queste quattro parole con lei mi rinfranca»

«Mi segua in camera dove ho l'asta porta flebo con i cestelli»

Guido infilò i guanti in lattice, la mascherina, la cuffietta e il camice che Sebastiano gli fornì. Aprì la busta ritirata dalla farmacia, ne estrasse una fiala nella quale inserì l'ago della siringa fornitagli dal paziente e la inoculò nella sacca mentre il Frischi applicava il deflussore all'ago a farfalla sul suo braccio.

«Quanto devo aprire il regolatore di flusso?»

«Un quarto è più che sufficiente»

Guido estrasse dalla busta che aveva con sé un sacchetto di plastica trasparente rinforzato per alimenti e lo calò rapidamente sul capo dell'ignaro e inerme paziente chiudendolo strettamente intorno al collo del Frischi, alle sue spalle, tramite il lungo tubicino della flebo. Sebastiano si contorceva sulla sua sedia a rotelle reagendo al senso di soffocamento a causa dell'indotta criminale occlusione delle vie respiratorie. Il volto paonazzo, la bocca spalancata in una smorfia spasmodica in cerca di un filo d'aria, gli occhi strabuzzati e iniettati di sangue finché si accasciò con la testa reclinata contro lo schienale e le mani che fino a qualche attimo prima ancora stringevano nervosamente i braccioli si afflosciarono sulle sue gambe. La vita lo aveva abbandonato. Guido, utilizzando lacci emostatici e deflussori lo legò avvolgendoli fittamente intorno al corpo inerte come dovesse stringere con spago una tacchina farcita da mettere nel tegame affinché il ripieno non fuoriuscisse dagli interstizi. Si sfilò il camice e lo appallottolò nella busta della farmacia; recuperò un anello dal taschino in alto a sinistra della sua camicia e lo inserì nel dito mignolo della vittima. Si voltò e si guardò intorno per verificare tutto fosse come desiderava. Prese la busta della farmacia ed uscì chiudendo la porta alle sue spalle. Impegnò le scale e al primo piano si tolse guanti, mascherina e cuffietta riponendoli nella busta che aveva con sé a far compagnia al camice.

01 SETTEMBRE

Pietro Bologna come ogni mattina alle 08:00 varcò il portone del palazzo di Via della Luce. Salutò familiarmente il portiere con cui spesso scambiava qualche parola sfottendosi a vicenda simpaticamente sul tifo in quanto Pietro era romanista ed Angelo era laziale. Prese l'ascensore per il terzo piano e giunto a destinazione suonò il campanello più per informare del suo arrivo che per attendere che gli aprissero. Non ottenendo risposta, non avvertendo alcun rumore, usò la sua chiave ed aprì la porta.

«Sebastiano? Sono arrivato. Che fai, dormi ancora?» avviandosi in direzione della camera del suo assistito.

Lo meravigliò che la porta della stanza fosse chiusa perciò bussò per annunciarsi mentre abbassava la maniglia. Quello che vide lo sconvolse e fece fatica a rimanere padrone di sè stesso pur avendo alle spalle tanti anni di esperienza clinica, avvezzo a misurarsi con ogni tipo di malato. Si attaccò al cellulare e contattò la Polizia. Orazio Aniello, alto, molto alto e magrissimo, con una sigaretta tra le labbra, denunciante il suo spasmodico desiderio di nicotina, camminava con passo marziale, dritto come un fuso, verso la camera della vittima.

Con gli occhi mobilissimi e vivaci, perlustrava l'ambiente cercando di comprendere come l'aggressore fosse stato in grado di accedere all'appartamento e ne dedusse fosse entrato dalla porta d'ingresso e gli avessero aperto. Il patologo, arrivato in quel momento, s'inchinò davanti al cadavere e constatò la presenza di petecchie sulle congiuntive dovute a morte per asfissia e sulla pelle del collo sotto impedimento meccanico alla respirazione per compressione, non evidenziando ferite né da taglio né da fuoco; del resto sangue non ce n'era. Lo osservarono infilare le mani della vittima in sacchetti di plastica fissarli con del nastro che tirò fuori dalla sua valigetta e giustificare il suo procedere spiegando di non voler rischiare andassero perdute eventuali tracce epidermiche sotto le unghie. Mentre il fotografo della Scientifica terminava di fare le foto, il patologo osservò anche che il cadavere era ancora in pieno rigor mortis: dedusse che la vittima era deceduta da circa dodici ore.

«Quali sono le sue mansioni?» - il commissario rivolgendosi a Pietro Bologna - Qual è la natura dei suoi rapporti con il Frischi?

«Sono il suo infermiere da circa tredici mesi quando, a seguito sua richiesta, l'Asl mi ha destinato alla sua assistenza domiciliare.»

«Il Frischi non poteva camminare»

«In realtà poteva camminare ma si affaticava molto. Dipendeva dai giorni. Aveva deciso di fare uso della sedia a rotelle per essere più libero e potersi allontanare in tranquillità»

«Non mi costringa a tirarle fuori le parole con le pinze. Che malattia aveva?»

«Era un malato oncologico»

«In quale fascia oraria assisteva il signor Frischi?»

«In base a disposizione dell'Asl coprivo cinque ore concordate dalle 08:00 alle 13:00. Però in seguito ad accordo privato da due mesi mi fermo fino alle 18:00 come da lui richiesto»

«Il signor Frischi viveva da solo? Aveva figli, parenti, amici che frequentassero questa casa più o meno regolarmente?»

«Che io sappia il signor Frischi non era sposato, non aveva figli ma riceveva la visita regolare della famiglia del fratello ogni 15 del mese e mi sembra una volta mi abbia detto che abitano fuori Roma, in provincia Grosseto ma non ricordo la località. Però, devo dirle che una volta a settimana, passa Manlio, il commesso della farmacia qui dietro, a rifornirci delle medicine necessarie alla terapia che il paziente stava seguendo. Sicuramente, possiamo verificare, è passato ieri sera, come suo solito, a fine turno»

«Beh, devo smentirla. Non ci sono scatole nuove di medicinali in questa stanza a meno che non venissero conservate in un altro posto: nel frigorifero o in bagno»

«Assolutamente no. Tutte le confezioni si trovano allineate in perfetto ordine sul comò. Ammetto, sono pignolo. Ora che osservo con attenzione, effettivamente manca la busta intestata della farmacia. Non vedo neppure la confezione sul comodino del medicinale della flebo a frequenza settimanale che Manlio gli applicava tutti i Venerdì»

«Chi è Manlio?»

«Manlio Gozzi, il commesso della farmacia che per accordi presi con il titolare Giuseppe Longo, faceva questo servizio al loro cliente speciale. Il fatto che ieri sera non sia venuto mi mette in ansia e non capisco perché non abbia ottemperato al suo incarico visto che non ha mai saltato un appuntamento»

«Ma tornando alla famiglia Frischi, che tipi sono? Che rapporti avevano con il loro parente?»

«Ottimi rapporti. Per quanto mi riguarda, persone a modo, cordiali, simpatiche e rallegravano con la loro presenza la giornata di visita. Mai discusso, mai alzato la voce. Si sentivano al telefono tutti i giorni dopo pranzo. Vogliono molto bene a Sebastiano. Se le è sfiorato il pensiero che possano aver fatto una cosa del genere al loro congiunto, è proprio fuori strada»

«Che lei sappia, c'è un sistema di telecamere in questo appartamento? Ah, come entrava Manlio?»

«Non c'è un sistema di telecamere né un allarme perché Sebastiano non era un fifone e poi non è ricco. Al signor Gozzi apriva Sebastiano senza problemi.»

«Non abbiamo trovato il cellulare del Fischi. Sa dirci dove lo teneva?»

«Di solito lo riponeva nel cassetto del comodino accanto al letto»

Il commissario si avvicinò al comodino e, con il fazzoletto estratto dalla tasca dei pantaloni, aprì il tiretto e avvistato lo smartphone lo fece fotografare e rivolto ad un agente della Scientifica lo fece imbustare perché venisse catalogato e visionato.

«Per ora basta così. Eventualmente la contatterò. Lasci il suo recapito all'agente. Ah, un'altra domanda: il Frischi portava anelli? Ne indossa uno assai particolare, con una figura mostruosa»

«Di anelli non ne so nulla. Non gli ho mai visto anelli alle dita»

Prima di lasciare lo stabile fece una chiacchierata con il portiere dal quale ottenne soltanto la conferma di assenza di telecamere sia nell'atrio sia all'esterno del palazzo. Uscito dal portone deciso si diresse presso la farmacia del dottor Giuseppe Longo. Si presentò al bancone chiedendo del proprietario. Il commesso lo fece attendere mentre si recava sul retro a chiamare il titolare. Un uomo basso, in camice, due baffetti fini e scurissimi, un largo sorriso di circostanza rivolto ad un eventuale nuovo cliente.

«Buongiorno. Ricetta o prodotto da banco?»

«Immagino lei sia il dottor Longo. Sono il commissario Orazio Aniello. Mi conceda qualche minuto per porle alcune domande. La debbo informare, mio malgrado, del decesso improvviso del signor Frischi, suo cliente»

«Com'è possibile? Però, a pensarci bene, ero preparato al peggio avendo un quadro clinico completo della situazione del paziente»

«Sono qui proprio per accertarmi del motivo per cui l'incaricato ieri sera non abbia consegnato i medicinali come previsto. A proposito, dov'è il signor Manlio?»

«Manlio è nel retro. Lo mando a chiamare» solerte il farmacista.

«Con calma. Voglio prima parlare con lei. Dunque, torniamo a noi. Perché ieri Manlio non si è presentato al domicilio del Frischi?»

«Ieri mattina, Manlio ci ha comunicato per telefono che la sua automobile non partiva, non è riuscito dopo vari tentativi a rimetterla in moto. Ha preferito prendersi un giorno libero per risolvere il problema. In sua vece, dopo aver chiuso la farmacia a fine giornata ed aver aggiornato la contabilità, mi sono recato dal Frischi con i suoi medicinali, proprio perché conosco perfettamente la situazione, ma dal citofono non mi ha aperto nessuno e pur avendo provato a contattare il portiere, non mi ha risposto e dunque ho dovuto rinunciare a lasciarli in custodia presso la portineria dello stabile e me ne sono andato con l'intenzione di fargliele pervenire, oggi, per l'ora di pranzo durante la pausa»

«Bene. Grazie, dottor Longo. Ora parlerò con Manlio»

Lo raggiunse un ragazzo alto e dinoccolato, sui 25 anni, con una zazzera scurissima che si presentò educatamente al commissario offrendogli la mano.

«Sono Manlio Gozzi. Mi dicono che ha bisogno di parlarmi»

«Mi può raccontare la sua giornata di ieri?»

«Una giornata di merda: cominciata male, finita peggio con 300 euro di danni da lasciare al meccanico. Ieri mattina, come tutte le mattine, salgo in macchina e metto in moto ma non parte e non c'è stato verso. Ho contattato il dottor Longo per informarlo che sarei mancato al lavoro e poi il meccanico perché venisse a verificare il problema. Lei vuole conoscere il responso? Qualche bastardo mi ha danneggiato il motorino di avviamento.»

«Ma il parere del meccanico qual è? Danno da usura, uno scherzo o cosa?»

«A commissa', a che gioco giochiamo? Quale scherzo! Il meccanico ha chiaramente parlato di danno provocato intenzionalmente, un'azione dolosa anche se non immagino chi possa avercela con me, visto che non ho questionato con nessuno e non ho litigato.»

«Dove abiti? Perché non sei venuto a lavorare con i mezzi?»

«A commissa' ma ce vonno tre ore da do' vengo io, ai Castelli, da Rocca di Papa senza macchina e ieri mattina nun c'era un cane che me poteva dà 'no strappo o prestamme 'na macchina»

«Ho capito, ho capito. Può andare. Si tenga a disposizione eventualmente dovessimo farle altre domande»

18 SETTEMBRE

Aveva fatto appena in tempo a varcare la porta dell'ufficio, a togliersi la giacca e poggiarla sull'appendiabiti, quando il telefono squillò. La Scientifica lo informava che erano disponibili i risultati della ricerca condotta con il SARI sulle immagini da lui precedentemente inviate e che gliele stavano inoltrando via mail.

Verso l'ora di pranzo, una donna sui 65 anni, letto l'ultimo articolo del Petronero Betti sul NeraCronacaNera, si presentò al commissariato Celio 1, chiedendo di poter essere ricevuta dal Migliore. L'ispettore la introdusse nello studio di Giulio che dovette rinunciare a strappare agli impegni di lavoro quella mezz'ora di solitudine che tanto pensava ormai di essersi guadagnato. La signora, un tipo distinto, in tailleur, si accomodò come le venne indicato. Ovviamente la prima domanda che il commissario le rivolse fu come mai si trovasse lì, cosa l'aveva spinta a presentarsi.

«Mi chiamo Carlotta Frenidi. - puntualizzò la donna, sollecitata a parlare - Ciò che mi porta qui è difficile da spiegare. Le chiedo di ascoltarmi e di valutare ciò che le dirò con la mente più aperta possibile. Fin da bambina manifesto improvvise, profonde percezioni, una straordinaria sensibilità, avvertendo ciò che accade, come disastri naturali e fatti gravi, violenti. Non sono una veggente, una medium, un'indovina, non posseggo poteri particolari e non sono interessata né a farmi pubblicità né alla notorietà. Leggo quotidiani come mezzo necessario per verificare e confermare le mie intuizioni. Voglio fornirvi le mie deduzioni che, spero, potranno esservi utili. Sarà lei a decidere se dare una qualche credibilità a ciò che le esporrò. In questo periodo leggo il Neracronacanera che, per inciso, è un giornalaccio ma gli articoli firmati da Petronero Betti producono in me malessere, una sensazione di disturbo e, a causa di ciò che egli scrive, sono perseguitata da immagini che per me non hanno alcun senso ma forse lo assumono per lei e per le vostre indagini»

«Bene. Sono tutt'orecchie. Di cosa vuole parlarmi?»

«Sogno ambienti dalle pareti color arancio ruggine che sono delle dimensioni della casa di una bambola. Sono spesso travolta da una sensazione di profonda noia come cadere in un baratro, essere inghiottita da un vortice. Ed ultimamente una sorta di anziano con una coda di pesce, spesso, fa capolino nei miei pensieri»

«Per me ha tutto molto senso»

«Allora mi posso rasserenare»

Avendo smesso di parlare, guardava il Migliore prendere appunti, così almeno le sembrava, qualcosa comunque le pareva scrivesse. Però, pur avendo concluso, non si alzava. Continuava a seguire lo scribacchiare di Giulio. Il commissario, sentendosi osservato percepì che la Frenidi, pur in silenzio, in realtà ancora qualcosa da dire doveva averla se seduta davanti a lui non lo aveva salutato e non era uscita dal suo ufficio.

«C'è altro che vorrebbe dirmi?» la incalzò.

«Ci sarebbe un'altra cosa ma per me è più oscura di tutto ciò che le ho riferito finora e quando ci penso mi si ghiaccia il sangue nelle vene: quella povera bambina, che fine!»

«Quale bambina?»

«Non ho la minima idea se sia una persona reale o semplicemente l'immagine che la mia psiche ha prodotto come sintesi delle sensazioni negative provate in questi giorni o l'incarnazione delle mie paure ed in questo caso non so dirle se ciò che sento si verificherà oppure no. È il motivo per cui mi sono convinta a venire qui per incontrarla, per sottoporre a colui che sta seguendo la faccenda del serial killer queste mie sensazioni, i miei incubi che spesso si sono tramutati in realtà. Per il momento più di questo non saprei dirle. Anzi, no. Dimenticavo: ieri notte nei miei sogni è comparso un altro elemento, un'altra figura. L'uomo non ha volto però indossa un'uniforme e appuntata su di essa si distingue chiaramente una medaglia. Il suo modo di camminare, la sua postura mi suggerisce si tratti di un funzionario, un uomo di comando. Non posso fornire un identikit ma sono certa quell'uomo sia uno di voi. Si guardi le spalle. Non abbassi mai la guardia. Sospetti degli sconosciuti che le si avvicinano. L'uomo incognito viene avvolto da una nube scura e poi come inghiottito, fagocitato da essa, scomparendo, si dissolve nel nulla. Le assicuro che la sensazione sperimentata è spaventosa. Un vero incubo.»

«Le credo sulla parola. Potrebbe descrivere la medaglia?»

«Era dorata ma non distinguevo né emblemi, né simboli che possano permettermi di disegnarla o descriverla più accuratamente»

«D'accordo. Stia tranquilla. Per quanto riguarda noi, siamo abituati a vivere in condizione di allerta ed affrontare il pericolo. Comunque, se per caso venisse disturbata da altre immagini, mi contatti. Non si faccia scrupoli»

Ferdinando Petronero Betti, era un giornalista d'assalto, specializzato in indagini del tutto personali condotte in modo originale, puntiglioso, certosino ma in solitaria. Il suo modo di procedere consisteva nell'entrare nel contesto umano, in contatto con la gente della comunità frequentata dalla vittima per comprendere in quale tessuto sociale il delitto, l'omicidio fosse maturato. La sua ostinazione e perseveranza nel seguire le tracce, la sua abilità nel sapere fare parlare le persone, nell'instaurare un dialogo rilassato, sostenendo la parte dell'estraneo che per caso si trova nel posto giusto al momento giusto, rendevano il Betti il tipo di reporter che si poteva definire, a ragione, un mastino che non molla l'osso, in grado, spesso, di anticipare le mosse degli inquirenti, di percorrere nuove piste dove la Polizia sarebbe arrivata poi. Forse. Egli conquistava la fiducia dei compagni di bevute, del barista di fiducia della vittima, degli inquilini del condominio, dell'edicolante presso cui era solito acquistare il giornale e le sue riviste mensili per spettegolare sui suoi vizi e sui suoi amori con i vicini, con la gente del quartiere che lo conosceva da anni, magari da ragazzo, che lo potessero aggiornare circa le frequentazioni occasionali o le lunghe relazioni del defunto. Il Migliore si convinse fosse opportuno incontrarlo, cercare di impostare con il giornalista una conversazione tra eguali, per indurlo ad accettare uno scambio di informazioni, un do ut des professionale, che il Betti interpretasse cosa per lui utilissima. Doveva, perciò, lavorarselo con astuzia, servirsi di strategica psicologia, affinché potesse suggerirgli quel tanto di fiducia che lo conducesse a rivelargli qualche sua intuizione, scoperta, traccia. La cosa non era poi così scontata, ne era cosciente, perché un giornalista di nera, così capace nell'intrufolarsi tra la gente con tanta naturalezza, possiede certamente fiuto e dimestichezza con l'animo umano e le sue fragilità e non si fa abbindolare e può facilmente subodorare trappole, mezze verità e immaginifiche frottole. A quel punto, due erano le opzioni tra cui scegliere: convocarlo ufficialmente o dargli un appuntamento in un bar e davanti ad un caffè intavolare quattro chiacchiere, partendo dai suoi articoli, magari solleticando discretamente la sua vanità, quel tanto che fosse sufficiente a sciogliergli la lingua, disponendolo ad approfondire il tema del serial killer, con lui che, per primo, aveva intuito che i diversi delitti fossero collegati ed opera della stessa mano. Giulio, comunque, non poteva tralasciare di parlare con il giornalista, soprattutto dopo la confidenza del tutto inattesa esternata dalla signora Frenidi.

20 SETTEMBRE

Questi capelli devo sistemarli. Se ne vanno per conto loro. Devo usare la spazzola nuovamente. Cavolo, devo accelerare! Come al solito sono in ritardo. Se rispetta l'orario come sua abitudine, fra cinque minuti sarà qui, pensava Eleonora mentre rientrava in bagno e si posizionava davanti allo specchio sopra il lavabo inserendo la spina del phon nella presa lì accanto.

Giulio era bloccato nel traffico in una Roma che aveva ripreso la sua routine quotidiana, dopo le vacanze estive, fatta di studenti, mamme in attesa all'uscita delle scuole, lavori in corso da sempre iniziati e mai finiti, gente che si affrettava per una pausa pranzo sempre più breve, turisti assicpati ai semafori per attraversare in gruppo come tante greggi di pecore o riuniti a fare capannello intorno ai pullman parcheggiati nei modi più improponibili a costipare la viabilità già tanto rallentata. Prima, seconda, prima, seconda. Stava aumentando il suo livello di stress, anche perché lo irritavano molto le persone ritardatarie. Quando lo costringevano a trattenersi più del dovuto, anche per questioni di lavoro, se aveva un appuntamento, finiva per innervosirsi immediatamente. All'ennesimo semaforo rosso approfittò per inoltrare il comando di chiamata vocale per contattare la Cantini ed informarla del suo involontario ritardo ma la donna non rispondeva ai suoi ripetuti tentativi il che aumentò notevolmente la sua irascibilità. Eleonora, in bagno, alle prese con la ribelle capigliatura ed il phon acceso, trovava strano che il campanello non avesse ancora annunciato l'arrivo del desiderato ospite. Quando, finalmente, pettinata, truccata e vestita, si accomodò sul divano, irrequieta per la mancata presenza promessa del commissario, prese in mano il cellulare e constatò ci fossero diversi tentativi di chiamata a cui non aveva risposto. Subito gli telefonò. Squillava, squillava ma nessuno rispondeva. In quel frangente suonò il campanello ed ella, ritrovato il sorriso, si precipitò al citofono accanto all'uscio per premere il tasto che apriva il portone. Rapidamente, salendo i gradini a due a due, si presentò davanti a lei.

«Perché non rispondi al telefono quando ti chiamano? - apostrofandola con un mezzo sorriso e salutandola - Volevo informarti che ero in ritardo. Con i tempi che corrono mi stavo preoccupando avessi problemi»

«Probabilmente non ho sentito la suoneria del cellulare perché avevo il phon in funzione.
Anch'io ero in ritardo ed ero concentrata a terminare di prepararmi»

«Allora, vogliamo andare?»

«Prendo la borsa e usciamo»

Davanti al ristorante Tovagliolo Giallo, con galanteria, Giulio le lasciò il passo tenendole aperta la porta a vetri del locale. All'interno c'erano pochi tavolini ancora liberi ma il Migliore aveva prenotato e si fece condurre a quello riservato loro. A seguire entrarono quattro uomini che fortunatamente si accomodarono nella sala adiacente, raggiungendo una numerosa e chiassosa comitiva.

L'angolo dove si erano sistemati, permetteva loro di parlare senza dover alzare la voce e dover superare risate sguaiate o pianti lamentosi di bimbi viziati.

«Beh, come sono andate le ferie?» s'informò Giulio.

«Mi sono concessa una decina di giorni a Positano. Era molto che desideravo prendermi una pausa al mare e visitare questa località della costa amalfitana»

«Ti sei divertita? Vedo che sei abbronzata e, ti dirò, stai molto bene.»

«Grazie. Soprattutto è stata un'occasione per riflettere sulla mia attuale situazione e fare il punto per schiarirmi le idee decidendo con calma e soppesando pro e contro. Dovevo comprendere in quale direzione orientare la mia vita privata. Comunque c'è stato anche il tempo di approfondire il caso Proteo proprio alla luce dei risultati venuti fuori nell'ultima riunione in Questura prima di partire»

«Complimenti per la tua intuizione e l'attenzione che in te è sempre vigile! Quali sono state le tue riflessioni?»

«Mi ha colpito l'audacia del serial killer: la sua capacità non solo di entrare in un ambiente inserendosi nel contesto e interpretando un personaggio qualunque ma anche l'estrema naturalezza nel contattare la vittima prescelta, nell'agire calcolando al minuto le sue azioni, muovendosi e spostandosi in quello stabile come se vi avesse trascorso anni. I piani posti in essere da questa persona sono curati a livello maniacale ed eseguiti con precisione assoluta. Per il momento non ha commesso alcun errore o non siamo stati capaci di individuarlo. Ancora però non comprendo tanta dedizione, tanto impegno per uccidere qualcuno. Dove vuole arrivare? A cosa sta mirando? Non mi spiego perché un uomo che s'impegna nell'anonimato a compiere azioni così particolari in ambienti molto frequentati, decida poi di scegliere un elemento della sua mascherata che attiri l'attenzione su di sé, rimanendo impresso nella memoria dei testimoni. Mi riferisco soprattutto al delitto Cuccio, al particolare così ben descritto dalla testimone, alla valigetta color ruggine, di marca e tanto alla moda»

«Credo che anche questa scelta sia stata studiata a tavolino con l'unico scopo di sottolineare la sua maestria nel travestirsi interpretando tanti ruoli ed evidenziando sia sempre lui che agisce, la persona di cui ancora non abbiamo la vera identità. A proposito di identità... Come ti avevo accennato ho fatto richiesta alla Scientifica di sottoporre a confronto i fermi immagine estrapolati dalle telecamere e gli identikit a disposizione con il database del SARI. Mi hanno fornito un elenco di una decina di nominativi sui quali stiamo verificando gli alibi e procederemo mostrando le foto ai testimoni per valutare venga fuori un riscontro. Allora c'è da aspettarsi che il prossimo omicidio cada a venti giorni da quello del Frischi cioè il 20 Settembre...»

«Beh, guarda non mi meraviglierei se non rispettasse questa periodicità. Il nostro Proteo è molto eclettico e ci ha dimostrato di essere in grado di sorprenderci con nuove trovate se non altro per farci dispetto, per metterci in difficoltà e prendersi gioco di noi»

Uscirono dal ristorante che ancora discorrevano fittamente del caso che da mesi riempiva le loro giornate. Dopo una breve passeggiata, mano nella mano attraverso il colle Oppio, si ritrovarono al Colosseo, circondati da una folla di turisti che attendeva il verde del semaforo per l'attraversamento pedonale. Al sopraggiungere di un autobus, Eleonora fu spintonata finendo in mezzo alla strada e soltanto grazie alla freddezza e alla prontezza di Giulio che energicamente la ritrasse, in tempo in tempo, impedendole di essere investita dal pesante mezzo, si evitò la tragedia. Trattenendola a sé, istintivamente proteggendola, si voltò rapidamente avendo percepito una presenza, un braccio allungarsi e proiettarsi verso di loro ma non fu in grado di distinguere il responsabile del criminale gesto: la massa di persone intente ad ammirare l'anfiteatro Flavio, volti e voci anonimi, occupati a scattare foto e a farsi immortalare sottobraccio ai centurioni, un assordante vociare multietnico che si sovrapponeva allo strombazzare di clacson e allo stridio di pneumatici a causa di brusche frenate, rendeva impossibile concentrarsi, pur volendo, su un soggetto in particolare, benché il Migliore fosse convinto si dovesse trovare ancora nei pressi e magari li stava osservando avendo raggiunto una posizione di comodo. La donna tremava, spaventata gli chiese di riaccompagnarla subito a casa. Giulio circondando le sue spalle con il braccio, rassicurandola, s'incamminò in direzione di via Capo d'Africa. Entrati nell'appartamento, Giulio la fece accomodare in cucina, rilevando sul volto pallido e teso della donna si fosse dipinta un'espressione persa come fosse intontita. Le propose di fermarsi per farle compagnia fino a quando non avesse ripreso colore e non avesse riacquistato il controllo di sé. Eleonora si rilassò alle sue parole, accettando, con riconoscenza, il generoso gesto dell'uomo. Lentamente la profiler riemerse dal torpore in cui lo spavento l'aveva gettata e cominciò a razionalizzare l'accaduto recuperando il distacco necessario, mentre la sua memoria rievocava gli istanti precedenti al traumatico evento.

«Non sono inciampata; non sono scivolata sul selciato; non mi sono sbilanciata perdendo l'equilibrio sui tacchi. Mi hanno spinta. Sono certa che qualcuno mi ha toccata, ha poggiato le mani sulla mia schiena esercitando una forte pressione improvvisa che, seppur ho ostacolato puntando i piedi, non sono riuscita a dominare e sono sobbalzata in avanti. Se non fosse stato per te ora…»

La parola le si bloccò in gola, non voleva uscire e risuonare all'esterno. La presa di coscienza del pericolo scampato si riflettè sul suo sguardo il terrore dovuto anche alla consapevolezza che qualcuno avesse volontariamente desiderato la sua morte.

«Non ci pensare. Nessuno potrà farti del male finché ci sarò io accanto a te. Mah, si potrebbe pensare sia stata una persona che accidentalmente voltandosi ti ha urtata o qualcuno che ha sgomitato alle tue spalle. Non ho riscontrato alcuna presenza delittuosa. Però, certo, non si può mai dire. Non mi sento di escluderlo anche se, guardandomi intorno, osservando chi mi era vicino, non ho scorto nessuno allontanarsi in fretta quasi per scappare o con atteggiamento sospetto»

«Assolutamente delittuosa. Azione volontariamente e coscientemente criminale nei miei confronti. Ripeto: ho avvertito le due mani esercitare pressione sulla mia schiena. Ne sono sicura come sono sicura che in questo momento sei davanti a me»

«Ok, ok. Non ti agitare! Rilassati, respira profondamente. Ancora devi scaricare l'adrenalina che hai prodotto in seguito all'incidente. Perciò, per cortesia, non fraintendere ciò che dico. Io sono dalla tua parte e ti credo ciecamente. Cosa posso prepararti? Una camomilla, una tisana di tuo gradimento che custodisci nella dispensa?»

«Forse ho ancora qualche bustina di tisana ai frutti rossi che troverai nel pensile sopra alla lavastoviglie. Preparala anche per te così mi farai compagnia»

Spostatisi in salotto, poggiato il vassoio con la tisaniera e le tazze sul largo bracciolo del divano, in attesa la profumata bevanda si freddasse, ripresero a discorre dell'episodio che li aveva visti protagonisti.

«Io sono fermamente convinta, senza ombra di dubbio, si tratti di Proteo. È ovvio tu non abbia scorto alcun personaggio sospetto perché egli è talmente furbo che si è mischiato agli altri, magari con le sembianze di un turista o di persona qualunque e se ne è stato buono buono ad osservare come avremmo reagito e dove ci saremmo diretti. Magari ora è qui sotto che osserva e spia il mio appartamento»

Giulio automaticamente si avvicinò alla finestra del salotto per verificare effettivamente ci fosse qualcuno appostato a fissare nella loro direzione, ma non vide nessuno.

«Adesso non ti preoccupare. Non ti lascerò più sola. - voltandosi e confermandole tutto il suo sostegno - Da ora in poi, che tu voglia o non voglia, agirò in modo da farti assegnare una scorta ventiquattrore su ventiquattro. Anzi, sai che ti dico? Chiamerò subito il dottor Grandi»

«No, ti prego. Domani, contattalo domani. Il Grandi sarebbe capace di piombare qui ed io non ho alcuna voglia di ricevere gente. Domani inoltrerai tutte le comunicazioni e le richieste che desideri. Però non te ne andare, adesso. Non lasciarmi stasera. Non riuscirei a dormire da sola»

«Perché non ti stendi sul divano? Riposa. Resterò accanto a te. Non me ne andrò. Riposa serena»

Eleonora aprì gli occhi. Un po' smarrita, la stanza illuminata dall'intensa luce del Sole che si avviava al tramonto in quel tardo pomeriggio di fine Estate, non ricordava di aver chiuso gli occhi e non comprendeva perché fosse distesa. Ad un tratto focalizzò perché si trovasse lì e presa dal timore che Giulio avesse approfittato del suo pisolino per andarsene, non mantenendo la promessa che le aveva fatto di restare, lo chiamò ad alta voce. L'uomo comparve rispondendo indossando il grembiule da cucina sulla camicia, il mestolo nella mano destra e una presina nella mano sinistra. Così, all'improvviso, l'espressione di Eleonora, da spaventata, si illuminò accompagnata da una sonora risata.

«Non hai mai visto un commissario armeggiare ai fornelli?» commentò Giulio fintamente piccato.

«Sei troppo comico. Fai troppo ridere. – trattenendosi la pancia con le mani a causa dell'attacco d'ilarità che l'aveva colpita e che non riusciva a domare – Visto che stai sfornando manicaretti in cucina, cosa hai preparato per cena?»

«Sei un soggetto dal frigorifero sguarnito. Piange da quanto è vuoto e trascurato. Mi ha fatto una gran pena. Ho contattato il negozio di alimentari e mi sono fatto consegnare la spesa dal fattorino. Lo chef questa sera ha preparato spaghetti in salsa di agrumi, seppioline alla mediterranea ed insalata mista. E per chiudere macedonia di frutta di stagione con gelato alla crema»

«Ti dirò, ho proprio fame»

«Allora, dai, alzati pigrona! Vieni in cucina. Ti precedo così terminerò di preparare»

27 SETTEMBRE

L'uomo in pantaloni bianchi di lino e camicia a rosse righine verticali, passeggiava in via Capo d'Africa. Rallentò in corrispondenza del bar adiacente al portone del condominio che aveva visto perire il Di Salce. Si accomodò ad un tavolino all'esterno ed ordinò una spremuta d'arancia ed un cornetto. Il suo sguardo puntava al palazzo di fronte come se aspettasse qualcuno che ne uscisse per raggiungerlo al tavolo. Notò che una vettura della Polizia stazionava davanti allo stabile e che un agente era in piedi accanto al portone come se dovesse piantonare l'edificio mentre il collega era poggiato alla portiera dell'auto lato conducente. Eleonora fece la sua comparsa alle ore 09:30: gonna leggermente svasata appena sopra il ginocchio color lavanda e un paio di sandali bianchi di pelle; un top in seta color écru ed a cavallo della tracolla un giacchino abbinato alla gonna. Fu immediatamente affiancata dai due poliziotti che la scortarono alla macchina e partirono rapidamente sgommando per una destinazione ignota. Terminò di fare colazione piuttosto contrariato, cosciente di avere perduto e stupidamente sprecato la sua grande occasione.

Peccato! Non avrei dovuto commettere un errore così grossolano pregiudicando la buona riuscita del mio intento. Soltanto un po' più di forza e il risultato sarebbe stato del tutto diverso e avrei eliminato il mio unico più grande avversario. Mi rifarò al momento opportuno. Comunque me l'aspettavo. La signora è al centro dell'intera indagine e purtroppo sarà impossibile replicare perché il rischio per me si è fatto troppo elevato e non mi assicurerebbe la certezza dell'obiettivo. Tornerò al progetto originale. Il disegno è già pronto... ed io altrettanto.

Giulio Migliore, seduto ad un tavolino esterno del grande bar di fronte al Colosseo, sotto l'ampia tenda da sole, al riparo dall'intensa luce delle ore 11:00, era nervosamente in attesa del suo interlocutore che tardava a palesarsi. Cercava di ammazzare la noia seguendo il via vai della marea di turisti che intasavano e si raccoglievano in quella ristretta area della città, quasi che tutti si fossero dati appuntamento per ritrovarsi proprio quel giorno. Un uomo che aveva il volto parzialmente coperto dal casco, alla guida di un motorino, attirò la sua attenzione manifestando la sua presenza con il clacson e parcheggiò all'angolo qualche metro più avanti. Il giornalista, la firma irriverente del quotidiano Neracronacanera, riconosciutolo, si avvicinò e si presentò.

«Perdoni il ritardo. Ferdinando Petronero Betti»

«Prego, si accomodi. Ho letto con interesse i suoi articoli ma soprattutto una sua lettrice affezionata mi ha fatto riflettere fosse il caso di incontrarci anche perché dai suoi commenti emerge chiaramente sia stato il primo a collegare gli omicidi che negli ultimi mesi tengono banco in Questura e impegnano i commissariati della città. Mi domandavo come sia riuscito ad individuare una mano comune in questi atti criminali e come sia arrivato alla conclusione che si tratti di un serial killer. Noi, per proteggere le indagini, non abbiamo mai accennato che fossero opera della stessa mano e non abbiamo mai diffuso particolari che potessero suggerirlo»

«Mi piacerebbe poter affermare sia stato frutto del mio intuito o del mio istinto da reporter di cronaca nera. Non ho mai reso noto che sono stato contattato da una persona con la voce sicuramente contraffatta, tanto che ad oggi non potrei affermare se si tratti di un uomo o una donna, che mi ha fornito alcuni particolari dei delitti. Al mio cauto scetticismo, questo individuo, per tutta risposta, mi ha fatto trovare nella cassetta postale un oggetto che ha descritto come la sua firma. Non avendo potuto verificare la presenza di una firma sul luogo dei delitti, ho preferito non espormi fino a questo punto nei miei articoli e ho tenuto per me questo indizio. Però devo anche confessare che la persona in questione mi ha detto che ero l'unico a possedere la sua firma, esclusi gli inquirenti. Quando ho ricevuto il suo invito per un incontro informale a quattrocchi, ho deciso fosse maturato il momento di condividere l'informazione e ottenere la certezza di ciò che mi era stato raccontato»

«Perciò ha portato con sé l'oggetto misterioso, disposto a farmelo vedere...»

«Certamente!» portando la mano destra all'interno della giacca ed estraendo dal taschino un anello con l'effige del dio Proteo, offrendolo a Giulio.

«Visto che lei è stato sincero con me, sarò altrettanto leale con lei a patto che di ciò di cui abbiamo parlato e parleremo, di questo incontro e dell'anello, lei non faccia parola nei suoi articoli, non mostri e non accenni a nessuno dell'oggetto. Se temesse di lasciarsi andare, mi vedrò costretto a requisirglielo.

Tenga conto che su tutta questa materia vige il segreto istruttorio. Sono disposto a barattare il suo silenzio assicurandole l'esclusiva facendole raccontare praticamente un anno di indagini dalla viva voce del nostro esperto consulente a conclusione del caso Proteo e dell'arresto del colpevole. Le confermo che ogni vittima aveva un anello come quello che lei mi ha mostrato»

«Accetto l'accordo che mi propone. Seguirò l'evolversi dei fatti, narrando solamente ciò che potrò verificare in attesa arrestiate l'assassino»

29 SETTEMBRE

«Pronto? Parli pure. Qual è la sua emergenza?» chiese la centralinista del 112.

«Presto. La scongiuro! C'è un morto. È proprio morto!»

«Signora, si calmi. Mi dica dove si trova. Ma è sicura che sia già morto? Come si chiama la vittima?»

«Sono all'interno del laboratorio della pasticceria di Via Statilia, 135. Il proprietario, il pasticcere Enzo Bisceglie è morto. Le assicuro che è morto stecchito. Che orrore! È una cosa obbrobriosa!»

«Non lasci il laboratorio. Invierò immediatamente una volante. Signora, qual è il suo nome?»

«Mi chiamo Sonia Mazza»

«D'accordo. La volante è già in arrivo. Mi faccia la cortesia di attendere l'intervento degli agenti»

A sirene spiegate la vettura della Polizia fece il suo ingresso in via Statilia sgommando e frenò a secco rumorosamente. Con rapidità saltarono fuori due agenti che entrarono dall'ingresso principale in pasticceria. Circospetti percorsero il locale in cerca della signora e del defunto ma constatarono soltanto che apparentemente era tutto in ordine. Nessun testimone, nessun cadavere. Poi, incuriositi, aprirono una porta in fondo e si ritrovarono nel laboratorio: un ambiente molto grande in cui troneggiava un lungo banco ed intorno frigoriferi e forni professionali in acciaio. Scorsero il cadavere di un uomo terribilmente sfigurato: pareva arrostito. Incastrato tra i piani alternati rotanti del forno centrale, il corpo si presentava cosparso di cioccolata fondente raffreddata, in cui comparivano chicchi di riso soffiato e Smarties colorati. Il volto era gonfio e su di esso si notavano la presenza di bolle e vesciche. Una scena da film horror che, però, sottintendeva la ricerca di una macabra ironia. Niente sangue. La testimone non c'era. Pochi minuti dopo il loro sopralluogo, sentirono strani rumori provenire da dietro una porta di legno. Improvvisamente questa si aprì. Gli agenti si posizionarono, armi in pugno, per non farsi sorprendere. Comparve una ragazza pallida in volto. Il mascara, disciolto in lacrime, anneriva il contorno dei suoi occhi infondendole un aspetto spettrale in sintonia con la situazione. Si soffiava il naso piangendo e si spaventò ulteriormente alla vista delle pistole. Si riprese, poi, ricordando le parole della voce del 112 che aveva raccolto il suo disperato appello.

«Sono Sonia Mazza, la commessa. Sono stata io a contattare il 112»

In quel momento fece ingresso il patologo seguito dai suoi assistenti che iniziò ad ispezionare il cadavere del pasticcere, uomo corpulento.

«È impossibile estrarre il cadavere dal forno senza smontare i piani rotanti. Sono costretto a far intervenire i vigili del fuoco ma prima è fondamentale la Scientifica faccia gli opportuni rilievi. - affermò estraendo dalla tasca il cellulare per chiamare. «Per cortesia, contattate anche il commissario. Ho bisogno di parlarci prima possibile. Non toccate nulla»

«Provvederemo immediatamente!»

Sonia si manteneva distante; aveva trovato uno sgabello sul quale si appollaiò disorientata ed incapace di razionalizzare ciò che si era trovata davanti quella mattina varcando l'entrata sul retro, in via San Quintino, accesso diretto al laboratorio da cui entravano i dipendenti ed attraverso il quale introducevano i sacchi delle farine ed i colli di tutti gli ingredienti scaricati dai corrieri delle ditte fornitrici.

Mezz'ora dopo il commissario Vincenzo Felici comparve sulla scena del delitto e raggiunse il patologo. La sua espressione dava ad intendere che era stato disturbato. Aveva ben poco interesse ad occuparsi del crimine che già, pareva, non sarebbe stata cosa di pochi giorni.

L'omicidio avrebbe finito per impegnarlo lungamente, lui che sarebbe andato in pensione da lì a un mese e mezzo.

«Entri nel dettaglio, carissimo dottore»

«Per prima cosa, la informo che intorno alla prima falange dell'anulare destro ho constatato la presenza di un anello raffigurante Proteo. Lei sa cosa ciò significa. L'ho preceduta richiedendo l'intervento della Scientifica»

«Sì, sì. Comprendo» pensando alla rogna che gli era piovuta addosso a pochi giorni dal suo pensionamento. Ci mancava giusto un omicidio della serie Proteo per completare la rassegna dei vari, efferati, strani delitti di cui si era occupato in tanti anni di servizio.

«Il corpo è molto compromesso. – riprese il dottore - Dovrà attendere l'autopsia e il mio rapporto. Al momento non saprei indicarle nemmeno un intervallo temporale al quale far risalire la morte di questo disgraziato. Beh, per ora la saluto. Le consiglio di contattare il questore Grandi. So che ha organizzato un pool d'indagine a cui ha affidato il caso Proteo. Si affretti, non perda tempo. La situazione è molto grave»

Uno dei tecnici della Scientifica attirò l'attenzione del commissario porgendogli un sacchetto da campionamento destinato al laboratorio in cui aveva inserito un foglietto scritto a mano dopo averlo repertato.

"La matassa ingarbugliata,

un'altra vita se n'è andata.

La stagione è già finita,

la Polizia è rintontita.

Mi vien dietro ma non mi prende

e la cosa non sorprende.

Sono furbo, sono scaltro,

quando voglio sono un altro"

«Dove hai trovato questa filastrocca?»

«Era sul grande tavolo di marmo sul quale il Bisceglie impastava ed era bloccato da un dolcetto, un tarallo»

Restituita la busta al tecnico, il Felici si avvicinò a Sonia.

«Come si sente? Riuscirebbe a rispondere a qualche domanda?»

«Credo di sì. Non ci posso pensare! Chi mai poteva voler morto un pasticcere, un uomo che viveva soltanto per il suo mestiere, che trascorreva la giornata all'interno del suo laboratorio, tutto preso dalla ricerca e riproduzione di dolci tradizionali del territorio?»

«Che altro sa dirmi di lui? Qualche indiscrezione circa la sua vita privata, le sue frequentazioni, problemi di lavoro?»

«A volte sembrava una macchietta: un po' sopra le righe, guascone, spesso eccessivo con quella sua aria del più bravo della classe ma gioviale, amicone; i colleghi lo rispettavano per la sua professionalità e i clienti erano entusiasti. La pasticceria è sempre piena di gente. Era tutta la sua vita anche perché non era sposato; non siamo informati circa l'esistenza di una donna o di un uomo. – leggermente arrossendo per la sua indiscrezione – La sua famiglia d'origine è tuttora residente in provincia di Benevento, in un paesino di quattro anime»

«Per ora può bastare… Ah, piuttosto… Ma lei come è entrata stamattina?»

«Mi aveva consegnato il secondo paio di chiavi fin da quando sono stata assunta affinché aprissi il locale visto che si attardava la sera facendo notte per impastare dolci e confezionare le torte ordinate. Ieri sera si era innervosito a causa del contrattempo per la mancata consegna delle farine speciali da parte del furgone della ditta L'allegro Mugnaio che lo riforniva periodicamente. Ci sembrò strano, ora che ci penso. Osservammo fosse la prima volta che capitava in tanti anni di collaborazione. Certo, una mezz'ora di ritardo è accettabile tenendo conto del traffico di Roma ma mai è accaduto, che, senza avvertire, non si presentasse. Quando siamo andati via, il signor Bisceglie è rimasto ad attendere l'arrivo del furgone. È l'ultima volta che ci ho parlato e l'ho salutato»

«La faccio riaccompagnare a casa. Probabilmente un mio collega la rintraccerà e la convocherà ancora per approfondire»

Poi rivolto agli agenti li incaricò di controllare la presenza di telecamere su via Statilia e su strade limitrofe. Quando gli sembrò opportuno, s'isolò per contattare il dottor Grandi ed informarlo dello strano omicidio.

30 SETTEMBRE

Ore 15:00. Riunione in Questura

In macchina, mentre si recavano all'appuntamento con i colleghi per illustrare l'avanzamento delle indagini e per comunicare gli indizi certi su cui orientarsi, Eleonora era assente, lontana con il pensiero, particolarmente silenziosa, ella così vivace ed incline alla conversazione. Rifletteva su un'affermazione fatta dall'orafa a cui fino alla sera prima non aveva dato alcun peso, ma che all'improvviso si riaffacciava prepotentemente alla sua mente: 14. Erano 14 gli anelli ordinati da Proteo.

«Sai a cosa sto pensando? Mi domando se il serial killer abbia acquistato casualmente 14 anelli o il numero nasconda un significato simbolico determinante alla comprensione dell'intero disegno che darebbe un senso agli omicidi. - s'interruppe seguendo un secondo spunto - Però ci sono due elementi che non possiamo trascurare: due delitti, nello stesso giorno, la morte dei gemelli Cuccio. I gemelli: il doppio. Perciò potremmo ipotizzare che i due anelli valgano uno. E poi da non dimenticare l'anello in possesso di Petronero Betti. 14-2=12. Il numero 12 è sì, un numero dal significato fortemente simbolico nella tradizione occidentale e allegorico ma in realtà è presente nei miti e nella tradizione di molte civiltà: 12 le tribù di Israele, 12 gli Apostoli, 12 le fatiche di Ercole, 12 i paladini di Carlo Magno, 12 i cavalieri della Tavola Rotonda, 12 i sacerdoti che presiedevano il centro di culto Asgaror, 12^ stazione della Via Crucis: la morte di Gesù; 12 gli dei principali dell'Olimpo; 12 i principi fondamentali della Costituzione Italiana e chissà in quante altre declinazioni potremmo citare il numero 12»

«Cosa mi stai suggerendo? Sì, trovo sia possibile che agisca seguendo uno dei significati del numero 12»

«Sai cosa potremmo fare? Consultare un esperto in numerologia. Mi farò suggerire un nome, una persona seria ed accreditata nel settore da un mio amico, professore universitario. Era presente alla cena per il mio compleanno ma non so se te lo ricordi. Era seduto di fronte a me. Comunque sono sicura ci potrà aiutare»

«Beh, se sei così in confidenza, chiamalo subito così, magari, potremmo fissare un appuntamento entro la settimana con l'esperto che ci indicherà»

«Certamente. D'accordo. - cercando in rubrica il recapito del professore di Fisica, inviando un messaggio nel quale gli esponeva la sua richiesta temendo con una telefonata di disturbarlo - Toh, ha risposto subito. Ci consiglia di rivolgerci al professor Pierluigi Costa. Mi ha inviato anche il suo numero. Ora gli scrivo. - mantenendo lo sguardo fisso sul video in attesa di un riscontro - Suggerisce di incontrarci il giorno 10 Ottobre, ore 16:00, nel suo studio»

«Conferma l'appuntamento. Ringrazialo e comunicagli saremo puntuali»

«Ti volevo sottolineare il fatto che come ti avevo accennato non ha rispettato la periodicità dei venti giorni. Ha ucciso i gemelli Cuccio il 31 Agosto e il Bisceglie il 29 Settembre. Ha lasciato trascorrere più di una settimana dalla data presupposta finendo per commettere il nuovo delitto quasi un mese dopo»

«Tanto di cappello, maestrina! Però son costretto a ricordarti che nel frattempo è accaduto un evento che avrei preferito non rammentare: l'attentato alla tua persona! Ora se tenessimo conto anche di esso, introducendolo nella sequenza dei misfatti del Proteo, allora dovrei dedurre, o che eri la vittima designata ma fallito l'omicidio, per fortuna tramutatosi in tentato omicidio, ha ripiegato su altra vittima, oppure, cosa più probabile, tu rappresenti l'obiettivo non programmato e male eseguito»

«Anch'io propendo per la seconda ipotesi. Forse ci stiamo avvinando, si sente ostacolato e ha pensato di ridurre gli inseguitori, eliminando uno degli avversari, quello più debole. Mi sembra un ulteriore tentativo di squalificarci e di affermare la sua superiorità come criminale nei confronti degli uomini di legge, certamente non perché rappresenti l'elemento più fastidioso»

«Perché non ti conosce affatto. Sei l'esponente più pericoloso, attivo ed accanito»

«Che esagerato!»

Mentre elucubravano in macchina, fermi, parcheggiati davanti alla Questura, avevano perso la nozione del tempo e non si erano resi conto che si stava facendo tardi. Furono interrotti dalla suoneria del cellulare di Giulio che riconobbe il recapito della collega, Adele Guacci. Rispose immediatamente. Li sollecitava a stringere i tempi perché il questore era arrivato, i colleghi erano tutti presenti ed all'appello mancavano soltanto loro due.

«Dove siete finiti? Non tirerete mica fuori la scusa del traffico!»

«Assolutamente! - indispettito il Migliore, non apprezzando l'ironia gratuita e pruriginosa della collega, che gli aveva sempre dato l'impressione di atteggiarsi a prima della classe - Non sono solito giustificarmi considerando che sto lavorando. Arrivo subito»

Giulio ed Eleonora furono al centro dell'attenzione per tutta la durata della riunione in quanto furono gli unici a comunicare informazioni e conclusioni avvalorate da indizi e recenti testimonianze che fruttarono loro molte domande ed approfondimenti da parte dei colleghi stupiti e rallegrati che qualcuno finalmente avesse portato un po' di luce alla fine del tunnel dopo mesi di buio in cui tutti si erano mossi a tentoni, anche se sostenuti da buona volontà. Per festeggiare i positivi risultati, seppur parziali e non sufficienti a chiudere il caso e catturare il serial killer, Grandi propose di ritrovarsi da Chef Michel per gustare insieme le sue specialità di pesce. I colleghi accolsero la proposta entusiasti e si accordarono per le 20:00 davanti al locale.

01 OTTOBRE

«Ho preso appuntamento con l'orafa perché è opportuno risentire la Santoreggia e proporle di visionare i volti delle ultime vittime e soprattutto di sottoporle le immagini delle telecamere che mostrano la presenza sui luoghi del delitto dell'ipotetico assassino. Verrà in commissariato intorno alle 14:00 sfruttando la chiusura della pausa pranzo. Ho dimenticato di avvisarti in tempo utile. Se non hai altri impegni urgenti, vorrei mi raggiungessi per ascoltare ciò che potrà riferire»

«Certamente! Sarebbe utilissimo. Verrò in commissariato fra qualche ora. A più tardi» salutandolo Eleonora, chiudendo la telefonata.

Puntuale, Eva Santoreggia, si presentò all'appuntamento con il Migliore, nella speranza che l'incontro fosse breve per permetterle di rientrare in laboratorio al più presto perché era in arretrato con la realizzazione di un gioiello da consegnare per la fine della settimana.

«Benvenuta, signora Santoreggia. Si accomodi. Abbiamo collezionato delle immagini che vorrei sottoporre alla sua attenzione. Ci interessa soprattutto che lei visioni i soggetti che le indicherò riferendomi se riconosce o nota somiglianze con il suo cliente dell'anello»

Eva lentamente passava in rassegna le immagini che il commissario allineò sulla scrivania. Le prese in mano una alla volta per coglierne i dettagli che altrimenti le sarebbero sfuggiti. Per facilitarle l'esame, Giulio, colta la difficoltà, le suggerì l'uso di una lente d'ingrandimento che le fornì, recuperata da un cassetto.

«No. Sinceramente non riconosco nessuno»

«E da queste foto, riconosce le sembianze di qualche persona che possa essere entrata nel suo negozio?» le chiese mostrandole le foto delle ultime vittime e quelle delle dieci identità selezionate attraverso il SARI.

«Mi dispiace di non poter essere utile ma questi volti non mi riportano nulla alla memoria»

«D'accordo. Del resto era la conclusione a cui eravamo giunti dopo aver portato a termine la verifica degli alibi dei dieci individui. - quasi borbottando fra sé e sé, come parlasse da solo. - Non ci arrendiamo. Vorrei proporle dei filmati che potrebbero essere più dettagliati e più completi rivelando aspetti che non sono ovviamente presenti nelle foto. Potrebbe tornare domani pomeriggio?»

«Sinceramente, a questo punto, trovandomi qui, preferirei visionare questi filmati subito. Domani non mi è possibile ritornare e sarei costretta a rimandare il tutto fra dieci giorni»

«Allora facciamo così: se venissimo noi in laboratorio in chiusura questa sera?»

«Non mi è possibile perché chiuderò in anticipo: questa sera ho un appuntamento. Facciamo rigorosamente dopodomani alle 14:00 in laboratorio. È il primo momento libero che posso concedervi»

03 OTTOBRE

In macchina, in direzione di via Statilia, lasciando Viale Europa, Eleonora interruppe il silenzio che la metteva in imbarazzo.

«E così di nuovo alle prese con un altro delitto da attribuire al Proteo…»

«Ultimamente sento di aver perso l'entusiasmo. Sono frustrato perché arrivo sempre in ritardo con la convinzione che il nostro impegno serva a poco. Il killer è sempre un passo davanti a noi»

«Fai male a cedere alla tentazione di demotivarti perché il suo fine è farci sperimentare il fallimento e farci credere sia il più bravo. Ogni omicidio può essere per noi fonte di informazioni e di tracce organiche. È difficile per chiunque, anche attento e concentrato, eliminarle totalmente o accorgersi di lasciarne durante azioni così concitate come questi cruenti omicidi»

«Ci si è messo pure il questore ad appesantire la situazione con la richiesta di occuparmi personalmente di questo omicidio. Mi ha detto che il commissario di pertinenza, il Felici, fra poco più di un mese andrà in pensione e il Grandi ha avuto l'impressione che il collega stesse già affossato sul divano davanti alla Tv a vedere le partite con le pantofole ai piedi. Insomma, mi ha fatto intendere che il collega non sarebbe stato d'aiuto, tutt'altro, trovandosi in quella fase della vita in cui non ci si meraviglia più di nulla, si procede per inerzia e non si ha più la grinta di chi vuole arrivare da qualche parte»

«Su, coraggio! Stiamo sulla buona strada. Anche la Santoreggia davanti alle immagini ingrandite estrapolate dai fotogrammi delle telecamere ha confermato i nostri sospetti: effettivamente ha riconosciuto in quei soggetti che io avevo individuato sulla scena dei crimini il nostro serial killer e ha espressamente evidenziato grande somiglianza nella fisiognomica tra alcuni individui e il cliente che le ha commissionato gli anelli»

«Sì, però non mi sento comunque che mi sto avvicinando alla soluzione»

Eleonora, per sdrammatizzare il negativo stato d'animo dell'amico, ne deviò l'attenzione sulle modernissime attrezzature presenti nel laboratorio del Bisceglie.

«Mi sembra un forno molto sofisticato. Guarda qui a destra questo quadro elettronico di comando per gestire le temperature in base alle cotture e ai diversi tipi d'impasto: se dipendesse da me rinuncerei a priori a fare dolci con questo forno spaziale! - meravigliata Eleonora commentò, in laboratorio, davanti al futuristico macchinario - È chiaro che il Proteo abbia voluto ridicolizzare il poveraccio. Mi sembra la preda ideale per il nostro cinico assassino questo tizio: completamente immerso nel suo universo dello zucchero e della farina; non frequentava nessuno; nessuno lo cercherà; a nessuno mancherà; nessuno lo piangerà»

«Per fortuna questa mattina ti ho prelevata da casa impedendoti di pranzare, perché ora procederò alla lettura della descrizione dello stato del cadavere così come è apparso al patologo. La causa della morte è una randellata assestata con un grande mattarello di legno, in zona temporale che ha fracassato il cranio. Le labbra erano ricoperte di glassa ai frutti rossi; la pelle del viso cosparsa di crema pasticcera; la bocca saturata da tritato di mandorle e le arcate mandibolari completamente cementate all'interno da un impasto di miele. Ti risparmio il resto e provvederai a leggerti la relazione quando sarai in vena ma per concludere ti anticipo che sul capo, anch'esso impastato di sostanze collose e solidificate, sono stati applicati a mo' di corona alcuni taralli. Se non si trattasse di tortura, sarebbe anche divertente immaginare il Proteo alle prese con l'incoronazione del pasticciere che era soprannominato Re Tarallo»

«Ti rendi conto del tempo che questo matto ha dedicato per stordirlo, sollevare la sua mole, cuocerlo e decorarlo nei minimi particolari? Matto e dallo stomaco rivestito d'amianto!»

«Per quanto riguarda l'ora del decesso, il patologo non è stato in grado di rilevarla. Grazie alle telecamere di zona, si è dedotto che il furgone L'allegro Mugnaio sia transitato alle 22:00 in viale Manzoni, all'altezza dell'ufficio postale e alle 02:00 in via Statilia, nei pressi dell'Hotel Residence Parco Verde. Dalle indagini è emerso che il corriere della ditta è stato narcotizzato e il furgone rubato. Il proprietario ha denunciato il furto e gli agenti di Porta Maggiore stanno cercando il veicolo. Dulcis in fundo, sarebbe proprio il caso di dire, sono stati individuate due tracce biologiche: un capello e un sopracciglio»

«Caspita! - incredula esclamò la profiler - È la prima volta che lascia tracce del suo passaggio. Sta rischiando molto proponendo e architettando scenari estremamente complessi dove l'errore è più probabile o, come in questo caso, è difficile tenere a bada tutti gli aspetti»

«Cosa mi risponderesti se stasera andassimo al cinema a vedere l'ultimo film di Nosse Bluc?»

«Noooo! Perché proprio stasera? Mi piacerebbe, è uno dei miei registi preferiti. Non si potrebbe fare domani sera? Per stasera ho già un impegno che non posso rimandare»

«D'accordo. Vada per domani sera»

Alle 21:00 Eleonora esagitata, perché come al solito in ritardo, si aggiustava i capelli e si applicava il rossetto, quando sentì suonare il campanello della porta. Francesco era già lì, entrato dal portone con le chiavi che gli aveva consegnato due giorni prima, indossava un cappello con un paio d'occhiali, avendogli anche consigliato di camuffare il suo aspetto per evitare di essere riconosciuto dagli agenti della scorta. Attraversando il saloncino di corsa, per evitare Francesco aspettasse ulteriormente dietro l'uscio del suo appartamento, gli aprì dopo essersi ricomposta ed avere assunto un'espressione rilassata che non rivelasse la concitazione con cui si era preparata a quella cena e l'ansia che l'aveva accompagnata tutto il pomeriggio nell'attesa di incontrare il Grandi, per la decisione presa di dovere mettere le cose in chiaro. Il suo stato d'irrequietezza derivava soprattutto dal non sapere se fosse opportuno affrontare e come introdurre un argomento così delicato: del resto si trattava comunque di sentimenti ed emotività altrui. Non era sua intenzione ferirlo. Ciò di cui era certa era che fosse arrivato il momento e non si poteva più temporeggiare.

Mentre si godevano una sostanziosa fetta di crostata con crema pasticcera e frutta fresca, Eleonora era pronta a confrontarsi sulla spinosa questione.

«Francesco, ho accettato di buon grado di incontrarci stasera perché voglio affrontare con te una questione che mi preme. Ho atteso che mi si offrisse l'occasione opportuna perché l'argomento ci riguarda, tocca la nostra sfera privata, ha a che fare con il nostro rapporto»

«Che coincidenza! Anch'io avevo intenzione di parlare del nostro rapporto. Comunque prosegui. Non volevo interromperti. Parla prima tu. Cosa volevi dirmi? Ti ascolto»

«Ci conosciamo e ci frequentiamo da un anno. Siamo sempre stati sinceri l'un con l'altra e liberi comunque di fare le nostre scelte e di condurre la nostra esistenza. Ci siamo trovati ma ho dovuto riconoscere recentemente che, pur continuando a volerti bene, non sono profondamente coinvolta, non tanto da immaginare di fare il passo successivo: andare a vivere insieme, ufficializzare il legame, intensificare la nostra relazione»

«Fammi capire: mi stai dicendo che non sei innamorata di me; che non mi ami abbastanza per restare insieme. Recentemente, devo dedurre, è accaduto qualcosa nella tua vita… Hai fatto un nuovo incontro? Hai conosciuto qualcuno quando sei andata in ferie? Negli ultimi tempi mi sei sembrata distratta, distaccata; i nostri incontri si son fatti sporadici»

«Sì, ho conosciuto un uomo che mi ha affascinata fin da subito. Quella che poteva risultare soltanto una frequentazione simpatica ed intrigante, un'affinità, sta diventando qualcosa di più serio. Sono convinta sia un sentimento reciproco. Non sono il tipo che tiene il piede in due staffe o che avrebbe atteso di finirci a letto per venire poi a dirti che la nostra storia fosse finita. Preferisco essere totalmente trasparente e non perdere il tuo rispetto e la tua amicizia»

Dovendo metabolizzare l'inattesa rivelazione che comportava la fine della loro seppur breve liaison, il questore si alzò e cominciò a camminare su e giù per il salotto dove si erano trasferiti per il caffè.

«Sono entrato nel tuo appartamento questa sera con ben altri propositi e sperando in ben altro proseguo. Mi sento spiazzato e devo rinunciare ad un futuro che aveva preso, nella mia mente, già dei contorni definiti… Mi metti di fronte al fatto compiuto - tornando ad accomodarsi accanto a lei sul divano, portando alla bocca la tazzina di caffè per darsi un tono, appoggiando la schiena, rilassandosi o meglio cercando di apparire rilassato, più razionale possibile, celando al meglio il suo disagio e la sua delusione – E pensare che avevo considerato l'eventualità di acquistare due biglietti per una crociera ai Caraibi con tanto di avvistamento di squali nei fondali delle Bahamas da proporti per ravvivare il ménage, dare una scossa ai nostri incontri!»

«Non sai quanto mi dispiace. Non sai quanto avrei desiderato non avere necessità di comunicarti questa mia decisione. Mi pesa parlarne, credimi, e mi pesa dover constatare di non essere stata in grado di intuirlo prima per evitare ti affezionassi così tanto a me. Purtroppo poteva essere, ma non è stato. Non è scoccata quella scintilla, per lo meno da parte mia, che speravo s'accendesse tra noi»

«Che devo dirti… Ti auguro ogni bene. A questo punto preferisco tornare a casa per elaborare la situazione. Non riuscirei a restare qui non avendo alcuna speranza, alla tua presenza, con te che mi sei così vicina e che mi guardi. Non sono dell'umore adatto. Confido tu comprenda anche la mia posizione. Allora, buonanotte» baciandola sulla guancia.

Lo accompagnò alla porta e dopo un breve e caloroso abbraccio, lo lasciò andare.

«Chiudi bene la porta. Teniamo lontano il serial killer!» le consigliò prima di voltarsi e impegnare le scale.

Metti pure il cappello e inforca gli occhiali. Ti ho riconosciuto ugualmente, caro il mio questore! - sorridendo fra sé e sé e allontanandosi anche lui dal condominio di Via Capo d'Africa - *Non sono mica uno di quei fessi che dormono in piedi davanti al palazzo…*

Francesco, occhi sbarrati, quella notte, non riusciva a prendere sonno. Era stata dura ingoiare l'amara verità rivelatagli da Eleonora proprio quando pensava di potere addirittura proporle un fidanzamento.

Che tonto a non essermi reso conto quanto fosse cambiata Eleonora nell'ultimo periodo! E io che avevo persino progettato l'acquisto di un anello... Meglio lasciare il letto e dedicare questa lunga notte a qualcosa di utile rimuginava il Grandi recandosi alla scrivania dove erano impilate le cartelle degli omicidi della serie Proteo.

Aprì i dossiers e allineò in successione cronologica le foto delle scene dei delitti. La sensazione era che quelle immagini potessero rivelargli un aspetto importante ma anche se continuava ad osservarle intensamente non arrivava l'input. Era stanco, spossato. Si stese sul divano e si addormentò. L'allarme della sveglia incessante e intransigente lo fece sobbalzare e stropicciando gli occhi ancora pieni di sonno, si alzò per andare a tacitare la maledetta sul comodino della camera da letto. Soltanto quattro ore di riposo non erano state sufficienti a sgombrare la mente dalla delusione della sera prima, tormentate dalla visione di quelle raccapricciantì scene con cui aveva voluto distrarsi dalle parole di Eleonora.

10 OTTOBRE

C'è chi ritiene che un'asta si possa considerare la massima concentrazione di tipi umani: tante persone, le più diverse, radunate nello stesso luogo, accumunate dalla bramosia di aggiudicarsi qualcosa, attraverso l'adrenalinica gara a chi offre di più, al rilancio, all'azzardo, sperimentando quelle forti sensazioni dovute al rischio del confronto all'ultima offerta per arrivare primo. Quella mattina, Francesco, aveva deciso di partecipare alla presentazione al pubblico dei tre lotti della sezione De Chirico messi all'asta dalla proprietaria, la marchesa Dolores De L'Alvano. E non perché fosse nelle sue possibilità acquistarne, piuttosto per rinfrancare lo spirito, provato e infiacchito dalle vicende degli ultimi mesi: la rottura, la decisione di Eleonora di interrompere quella sorta di relazione, aveva lasciato un vuoto in lui, un'insoddisfazione latente che pensava di alleviare passando qualche ora in ammirazione della Bellezza, seppur soltanto come spettatore muto. Si avvicinò al palazzo rinascimentale dove si teneva la vendita all'incanto. L'asta iniziata da un paio d'ore, era entrata nel vivo con la proposta dei pezzi più importanti tra cui la serie dei cavalli. Come fece capolino, lo accolsero con disponibilità, riconoscendolo e l'inserviente lo precedette e gli aprì la porta della sala assegnandogli un posto libero in fondo, come aveva esplicitamente richiesto, confermando la sua presenza, dopo aver ricevuto il biglietto d'invito che la casa d'aste AmorePsiche aveva provveduto a fargli recapitare. Un uomo poggiato contro il muro, si staccò e si accomodò accanto a Francesco. Il questore non si voltò: la sua attenzione era tutta per le tre tele che facevano ingresso in sala in quel momento. Vennero collocate dagli inservienti sui cavalletti.

«Signore e signori, veniamo a presentare ora gli ultimi quadri della nostra proposta di catalogo. Il primo è contrassegnato dal lotto numero 2017/37. Trattasi del famoso dipinto Due cavalli, olio su tela, cm (30,3 x 40), del pittore italiano Giorgio De Chirico. - proseguì il banditore presentando la tela - Si parte da una base d'asta di 50000,00 euro e i rilanci saranno dell'ordine di 1000,00 euro. Siamo collegati on line e al telefono. Diamo inizio alle vostre offerte. Chi offre 51000,00 euro?»

«Lei deve essere proprio un intenditore se arriva in sala soltanto adesso - non ricevendo risposta, il tizio insistette, deciso ad intavolare conversazione nel momento topico – Cosa l'attrae nell'opera di De Chirico?»

Infastidito, Francesco voltò di scatto lo sguardo alla sua destra incrociando due occhi scurissimi su un volto anonimo che sfoggiava per l'occasione un sorriso esagerato.

«Dice a me? - intervenne - Scusi ma preferirei eventualmente parlarne dopo. Voglio ammirare questi capolavori visto che sarà la prima e l'ultima volta che me li potrò godere dal vivo.»

«Ah, mi perdoni! Certamente. Ne parleremo a fine asta»

«Nessuno offre di più? Siamo arrivati a 70.000,00 euro. Il signore in terza fila offre 80.000,00 euro. La signora in fondo alla sala ha sollevato la paletta. Vuole rilanciare? No? Ha cambiato idea. Ultima occasione. Sto per battere l'offerta finale. Signore e signori... Uno, due, tre: chiudiamo ad 80000,00 euro. Aggiudicato al signore con la paletta numero 131»

Il questore, a fine mattinata, si unì agli altri intervenuti, guidati nel grande salone del palazzo dove era stato allestito ed offerto un buffet. Mentre davanti al tavolo sceglieva qualche tartina e due pizzette, venne nuovamente affiancato dal loquace tizio, di cui si era inizialmente liberato, che non demordeva e che ne approfittò per riattaccare bottone.

«Non ho avuto la possibilità di presentarmi in sala: mi chiamo Mauro Pregadio»

«Francesco Grandi»

«Lei ha una vera adorazione per De Chirico»

«Che esagerazione! Sì, mi piace molto – replicò Francesco dirigendosi ad un tavolo dove si sedette, seguito dal Pregadio che, senza attendere di essere invitato, si accomodò, non sincerandosi potesse fare piacere a Francesco e della sua effettiva volontà di imbastire una conversazione – In realtà sono esperto d'arte e ho un particolare interesse per le avanguardie. Il mio pittore preferito è Salvador Dalì» spiegò Francesco riscontrando un particolare atteggiamento nel suo insistente interlocutore che gli ricordava qualcosa anche se non riusciva a focalizzare quale fosse l'elemento che lo disturbava.

«Colleziona opere d'arte?»

«Non sono un collezionista. Possiedo due tele del pittore spagnolo ricevute in eredità dalla nonna paterna»

Pregadio intavolò un confronto da raffinato intenditore che nella sua persona nulla avrebbe fatto sperare. Quando Francesco accennò ad alzarsi per andare via, stanco e oppresso dalla logorroica presenza, disturbato da un non so che da questo tipo eccessivamente entusiasta, fino all'invadenza, il Pregadio fece carte false per avere l'occasione di ammirare le due opere.

Francesco, pur di liberarsi dell'insistente personaggio, benché la conversazione si fosse rivelata culturalmente dotta, gli offrì una possibilità ed acconsentì a fissare un appuntamento per il 19 Novembre, dopo cena, con l'intenzione di inventare una scusa e disdire, rimandando a babbo morto. Mauro consegnò il suo biglietto da visita con il suo recapito telefonico al questore che, tirato un sospiro di sollievo, uscì dal palazzo, inseguito dai melliflui saluti e ringraziamenti di Mauro, che gli risuonavano nelle orecchie. Mai una mattinata di svago si era rivelata così impegnativa!

Alle ore 16:00 in punto Eleonora e Giulio bussavano alla porta del professor Costa che era in loro attesa, incuriosito dalla motivazione del loro incontro, che gli era sembrata cosa urgentissima. Li accolse cortesemente invitandoli ad accomodarsi. Eleonora osservava il docente con molto interesse, soprattutto studiava il suo modo di porsi: volto rubicondo, persona generosamente sovrappeso, dallo sguardo bonario, facile al sorriso, abituato ad aver a che fare giornalmente con studenti che in fila alla sua porta, facevano capannello, restando in attesa del loro turno di essere ricevuti. Uomo tra i 55 e i 65 anni, si rivolse loro come avesse di fronte ventenni.

«Allora, ragazzi, sottoponetemi pure le vostre domande. Come posso esservi utile? Il mio collega mi ha anticipato che vi occorre la mia consulenza circa il mio campo di ricerca in numerologia»

«Grazie di aver trovato del tempo anche per noi. Le presento il commissario Giulio Migliore. Io sono Eleonora Cantini. Ecco, vorremmo ci parlasse del numero 12. Ci illuminasse sulla sua valenza spirituale, storica, mitica... Insomma tutto ciò che potrebbe riguardare il 12. Non è un capriccio. Siamo qui relativamente ad un'indagine di Polizia molto importante»

«Bene, non restate in piedi. Accomodatevi. Posso cominciare con l'affermare che il 12 è considerato uno dei numeri più sacri, dopo il 3 ed il 7, con i quali è collegato. Banalmente può scomporsi in 1 e 2 e ciò rimanda al 3 come loro somma ma anche al 3 ed al 4 in quanto il loro prodotto è uguale a 12. Quindi, in conseguenza è considerato l'espressione della completezza, dell'unità e della perfezione. Rifacendoci ad 1 come inizio, crescita e progresso e al 2 come dualità, fiducia e fede, flessibilità e diplomazia, viene percepito numero molto potente. In molte culture, infatti, i ragazzi sono sottoposti a riti iniziatici proprio quando hanno compiuto il dodicesimo anno d'età. Volgarmente parlando, il 12 è legato alla realtà astrologica come il numero porta fortuna dei nati sotto il segno dei Pesci»

«Io sono molto più prosaico: per me 12 sono i mesi dell'anno ed i segni zodiacali» commentò Giulio.

«Cosa hai detto? – scuotendosi ad un tratto e riemergendo dal profondo ripiegarsi in sè stessa – Cosa hai detto del numero 12? Ripeti un po'?»

«Solo banalità. Facevo simpaticamente ironia sull'erudito discorso del professore. Pensavo a mia madre che la mattina apriva il giornale per consultare, come prima cosa, l'oroscopo nelle ultime pagine»

«Professore la ringraziamo della sua gentilezza e disponibilità e degli interessantissimi spunti che ci ha suggerito. La lasciamo ai suoi impegni.» alzandosi, imitata dal commissario, offrendo la mano al Costa per salutarlo e accomiatandosi uscì dall'ufficio dello studioso.

Risaliti in auto Eleonora rivolse una concitata approvazione all'osservazione del Migliore.

«Caro Giulio, ti stai avvinando alla soluzione del mistero. Mi hai fornito un indizio importantissimo. Dato che mi sono portata dietro il dossier di Proteo e l'agenda con tutti i miei appunti, le mie riflessioni e commenti, posso verificare quanto valida sia la mia pensata alla luce della tua intuitiva osservazione. Presumendo che i Cuccio siano stati uccisi per rappresentare il segno zodiacale dei Gemelli, abbiamo due alternative: il succedersi dei segni in base all'ordine dello Zodiaco oppure in base all'ordine dei mesi dell'anno. - commentò consultando la sua agenda Eleonora. Tra la sequenza degli omicidi, individuò un altro segno zodiacale a caso da abbinare e controllò l'ordine di esecuzione rispetto ai Gemelli. Prese in considerazione i Pesci che sono l'ultimo segno dello Zodiaco mentre l'omicidio ad essi abbinato probabilmente era quello di Simone Flagelli, la terza vittima della serie di Proteo. - È più probabile che stia portando a termine l'intero piano d'azione seguendo l'ordine dei mesi dell'anno indicandoli tramite la scelta delle vittime. I Cuccio sono stati uccisi l'11 Agosto, ma sono il sesto omicidio come i Gemelli sono il sesto segno dell'anno; Flagelli è stato ucciso il 12 Giugno però è un nuotatore e forse indica il segno dei Pesci, terzo segno dell'anno; il Simonetti, pescatore, seconda vittima, indicherebbe l'Acquario, segno di Febbraio; Ana Santos dovrebbe corrispondere al Capricorno come prima vittima e quindi segno di Gennaio; il povero Di Salce, quarta vittima, quindi, ci fornisce il legame con l'Ariete…»

«Non fatico ad abbinarlo all'Ariete, se diamo credito alle voci di popolo circa i suoi tradimenti»

«Lucrezia Falaniti, la quinta vittima, potrebbe averla presa in considerazione per la sua forza fisica e averla abbinata al Toro e dunque a Maggio, quinto mese dell'anno»

«Ti posso dare una dritta su Ana Santos che è molto ingenua come sono io? la signorina è originaria di San Paolo del Brasile, posta a cavallo del Tropico del Capricorno: vale come indizio per Gennaio?»

«Ma dai! Non lo sapevo proprio. Ottima considerazione! - affermò la profiler schioccando un bacio sulla guancia del commissario – E bravo il nostro commissario Giulio! Mi ripeto con soddisfazione: Migliore di nome e di fatto!»

20 OTTOBRE

Viviana si era incamminata quel pomeriggio alle 15:00, leggermente in anticipo. Pur così giovane, aveva imparato a dare molta importanza alla puntualità: lo studio della musica e l'approfondimento dello studio del violino con la maestra Eugenia Porro, le avevano imposto disciplina e rispetto per la sua e l'altrui arte. Arrivata in via dei Pastini, varcò sicura il portone, meravigliandosi dell'assenza della portiera, ormai figura familiare dell'atrio dello stabile che aveva preso a frequentare due volte a settimana da tre anni. Chiamò l'ascensore e aperte le porte venne spinta bruscamente all'interno come se più persone desiderassero accedere non attendendo il proprio turno. Non avvertì la presenza dell'estraneo alle sue spalle concentrata nell'ascolto del brano che in quel periodo stava studiando, auricolari nelle orecchie, tardando a esercitare una qualsiasi reazione.

Qualcuno le applicò con forza un panno bagnato sul naso e sulla bocca ed ella scivolò dolcemente a terra trattenuta dal muscoloso braccio dell'aggressore. L'ascensore si fermò all'ultimo piano, bloccato dal pulsante di servizio e il corpo inerme della ragazza fu sollevato e deposto velocemente nella cabina dei comandi elettrici dell'ascensore. La denudò, estrasse uno stiletto dalla sacca a tracolla e con la mano guantata colpì ripetutamente l'innocente fanciulla ai suoi piedi, ferendola dal petto al pube con affondi casuali, causandone la morte. La rivestì ricoprendola con un abito bianco e le applicò un velo da sposa fissato da un cerchietto tra i capelli. Recuperò gli abiti di Viviana che infilò nella sacca con lo stiletto, le scarpe da ginnastica e la tuta che indossava a protezione dei suoi vestiti. Sfilati i guanti, calzò le sneakers, caricato sulla spalla il borsone, accompagnò con il gomito la porta dello stanzino, accostandola, e percorse rapidamente le scale fino al primo piano dove rallentò, procedendo come se nulla fosse, accennando un saluto alla portiera, tornata a occupare il suo posto di sorveglianza.

Intorno alle 18:00, Gemma Alba, seduta in guardiola, si era appisolata, per noia e per stanchezza, davanti alla piccola televisione accesa. Venne destata dal concitato chiacchiericcio dei coniugi Gualtieri, in animata conversazione con la maestra Porro, che si presentarono e la affrontarono lamentando il guasto dell'ascensore ormai da diverse ore fuori uso. Gemma costernata, si mosse con solerzia, cosciente che la signora Gualtieri si serviva del bastone, procedendo con difficoltà e non poteva affrontare i due piani a piedi per rientrare nel suo appartamento. Provò a chiamare l'ascensore dal pianoterra ma della cabina nessuna traccia. Constatato fosse bloccata in cima perché non si scorgeva all'interno della colonna, con rassegnazione, dopo essersi munita delle chiavi dello stanzino in cui poteva agire sul pannello di comando, cominciò a salire rallentando sempre più, man mano si avvicinava alla cima, le gambe pesanti, diventate di piombo e la respirazione che sembrava quella di un'asmatica, malediva tra sé e sé il malfunzionamento. Giunta all'ultimo piano scorse che le ante dell'ascensore erano aperte e notò una grande chiazza bruna che era fuoriuscita da sotto la porta socchiusa della cabina comandi. S'avvicinò e spalancò la porta: dovette affrontare una situazione che mai avrebbe immaginato e che non avrebbe dimenticato per tutta la sua vita. Prese l'ascensore, premette il tasto T, ne uscì pallida e tremante al pianoterra, assediata dalle domande dei condomini che pretendevano spiegazioni ma che evitò come un automa, diretta al telefono e, con l'ultima scorta di autocontrollo che le era rimasto, chiamò il 112.

Federica Canci, commissario del Trevi Campo Marzio, bellina da morire, un bijou di ragazza, una bambolina appena promossa, dopo aver vinto il concorso interno, partecipando da ispettore, avvicinandosi all'entrata del palazzo, attesa dalla signora Alba, sul portone, ancora in preda agli effetti dello spavento che l'aveva colta alla vista del corpo straziato, aveva difficoltà a raggiungerla perché gli inquilini che si erano passati di porta in porta la voce si erano riversati tutti all'esterno facendo capannello ed ostacolando l'accesso degli inquirenti all'edificio.

«Grossini, Fortizi, occupatevi di far sgomberare l'area in modo che l'ambulanza e la Scientifica possano avvicinarsi senza ostacoli – con autorità Federica, investita di fresco, manifestando piglio e sicurezza – e fatevi consegnare l'elenco degli inquilini e proprietari e poi raggiungetemi all'ultimo piano. Signora, mi accompagni, mi faccia strada» rivolgendosi alla portiera.

«L'accompagnerò ma resterò nell'ascensore perché non ho alcuna intenzione di rinfrescare quell'orribile scena che ancora al pensiero mi turba e che faticherò a cancellare dalla memoria»

«Non si preoccupi. Sarà più che sufficiente che mi indichi la porta del vano»

Federica, impreparata alla violenta espressione di Proteo, sbiancò di colpo in volto e restò impietrita sulla soglia del piccolo locale, facendo attenzione a non calpestare le tracce ematiche sul pavimento e a non toccar nulla per non compromettere i rilievi della Scientifica. Tornata dalla signora Gemma, le pose domande di rito.

«Conosce l'identità della ragazza? Sa cosa facesse qui, all'ultimo piano?»

«Scherza? Viviana era una dolcissima adolescente che studia violoncello e prende lezioni dalla famosissima maestra Eugenia Porro, di cui siamo molto fieri, personalità di cultura che dà lustro all'intero condominio. La Porro abita al terzo piano, perciò trovare la giovane qui, da sola, e ridotta in quelle condizioni, non immaginando minimamente potesse incorrere in tali pericoli proprio nel nostro rispettabile condominio, dove non è mai accaduto nulla di più di una cicca di sigaretta nell'atrio, per me non ha alcun senso. È sconvolgente. Ammiravo questa ragazzina fin troppo seria, impegnata nella carriera di musicista che, puntualmente senza saltare mai una lezione, in qualsiasi condizione di tempo, buono o cattivo, vedevo comparire, con il suo strumento a tracolla, due volte a settimana ormai da tre anni, mi sembra, più o meno.” a ruota libera, come in preda alla voglia di liberarsi di informazioni scottanti, esagitata a causa degli eventi.

«Quindi l’ha vista entrare anche oggi... »

«Purtroppo no. Probabilmente è entrata quando mi sono dovuta allontanare dalla guardiola rispondendo ad una richiesta urgente della signora Benetti che aveva terminato il suo salvavita e mi ha chiesto di recarmi in farmacia. Non ho un sostituto, sono vedova ed i miei figli abitano da tutt’altra parte»

«Chi, eventualmente oggi, è entrato od uscito dal palazzo, che non sia un condomino o un ospite abituale, un fornitore o un corriere? Insomma uno da poter considerare sconosciuto o sospetto?»

«Non mi sembra abbia visto persone strane... Ah, ora che ci penso, però, ho visto uscire un uomo che, sono certa, non ho visto entrare»

«Cosa ricorda di lui? Com’era vestito? Che aspetto aveva?»

«È stato un attimo e non gli ho prestato molta attenzione. Un tipo comune, senza infamia e senza lode. Uno che non si ricorda: media altezza, banalissimo»

«A che ora lo ha visto passare davanti alla guardiola?»

«Potevano essere, più o meno, le 16:30. Sì, direi di sì»

«Qualcos'altro da aggiungere? A proposito, perché è salita all'ultimo piano?»

«Perché alcuni residenti hanno raggiunto il pianoterra a piedi, lamentandosi che l'ascensore non funzionava da circa due ore. Constatando la cabina fosse ferma in cima alla colonna, sono salita, sospettando qualcuno non avesse accostato le porte correttamente, impedendo all'ascensore di rispondere ai comandi di chiamata ai piani o fosse stato appositamente bloccato all'ultimo piano»

«Chi abita all'ultimo piano?»

«I due attici sono abitati dall'archeologo Cupidi, attualmente assente, impegnato in una campagna di scavo all'estero fino a Dicembre e dalla famiglia Candidi»

«Torniamo al pianoterra. La Scientifica e il patologo sono arrivati. Togliamoci di mezzo. Facciamo spazio perché lavorino comodamente. Approfitterò per fare qualche domanda agli altri condomini»

Quando il patologo, osservando con attenzione il cadavere, colse la presenza di un anello con l'effige di Proteo, comprese il perché di tanta ferocia ed immediatamente contattò il Migliore, informandolo dell'ennesimo omicidio ad opera del serial killer su cui indagava da mesi. Salvo il fatto certo che l'ascensore fosse rimasto bloccato almeno dalle 15:45, ora in cui i coniugi Gualtieri erano stati costretti a scendere le scale, alle 18:00, ora in cui erano rientrati, ancora non funzionante, altro non venne fuori.

Erano quasi le 20:00 quando Giulio ed Eleonora comparvero in via dei Pastini e rapidamente si diressero a visionare di persona la scena del delitto prima che il corpo della ragazza fosse portato via. L'attenzione della Cantini era tutta per l'abito bianco con velo da sposa bloccato dalla coroncina: l'assassino l'aveva spogliata e rivestita a suo piacere e la volontà di perdere tanto tempo da parte del serial killer, rischiando di essere sorpreso, poteva giustificarsi soltanto con la logica malsana di far coincidere la scelta della vittima con la sequenza dei segni zodiacali: la Vergine. Nello scendere le scale, il commissario e la profiler, furono raggiunti dal vociare alterato e da urla strazianti: erano arrivati i genitori di Viviana, i coniugi Casani. L'agente Fortizi sosteneva al braccio destro la signora Casani, evitandole di cadere a terra, che si era accasciata e si disperava per la comunicazione della morte della figlia.

Mentre la riaccompagnava a casa, Eleonora notò che Giulio era particolarmente silenzioso e pensieroso. La sua fronte era corrugata come se qualcosa lo preoccupasse ma non ne faceva parola.

«C'è qualcosa che non va? L'omicidio della giovane Viviana ti ha particolarmente toccato; sembri spaventato o turbato»

«Durante la settimana in cui sei andata in ferie, un giorno si è presentata in commissariato una signora, Carlotta Frenidi, che ha chiesto di parlare con me riguardo gli omicidi del serial killer. Ovviamente di lei non avevo mai sentito parlare, non la conoscevo e non potevo certo immaginare perché avesse bisogno di incontrarmi. Dopo averla fatta accomodare mi ha detto che si trovava in commissariato perché si sentiva in dovere di comunicarmi delle sue impressioni, delle sensazioni prodotte durante il sonno attraverso immagini che non riusciva ad interpretare, alle quali non era in grado di dare un significato e di associarle ad eventi appartenenti al suo presente o al suo passato»

«Perché mai veniva a raccontarle proprio a te?»

«E qui arriva il bello: la signora in questione segue con particolare interesse gli efferati omicidi del serial killer di cui si occupa sulle pagine del NeraCronacaNera il giornalista Petronero Betti, che per inciso, vorrei ricordarti, è colui che per primo ha collegato gli omicidi affermando fossero opera della stessa mano, colui che è stato contattato da Proteo, dal quale ha ricevuto un anello. Quelle che la signora definisce sensazioni, impressioni che le restano dentro e la spaventano, la tormentano nel sonno e alle quali continuamente ripensa con orrore durante il giorno, trovano alimento proprio dalla lettura degli articoli dell'intraprendente e irriverente reporter romano."

«Cosa ti ha raccontato, allora, di così sconvolgente questa signora tanto da ripensarci su, da rimanerne impressionato?»

«Mi ha riferito particolari che non sono stati riportati né dalla stampa né dalla TV circa gli omicidi già avvenuti ma ciò che mi ha lasciato interdetto e a cui in quel momento non ho attribuito molto peso, perché comunque frutto della mente di una donna un po' stravagante e piuttosto eccentrica, sono state le sue esternazioni su eventi delittuosi non ancora accaduti: una bambina orribilmente lesa, dal corpo devastato e un uomo importante, in uniforme, probabilmente un'autorità, un funzionario dello Stato. Ella temeva che potessimo finire vittime di Proteo»

«Mi stai prospettando che la Frenidi avrebbe previsto la morte di Viviana per mano di Proteo e che quindi c'è da attendersi faccia fuori un uomo dello Stato. Temi per la tua vita? Pensi di essere nella lista dei probabili obiettivi?»

«Non è questo che mi dà da pensare piuttosto chi potrebbe essere quest'uomo di cui dovremmo prevedere l'omicidio se volessimo dar credito alle particolari facoltà della Frenidi. A rafforzare il quadro della situazione c'è un altro particolare che mi riferì, ora che ci penso: sull'uniforme c'era appuntata una medaglia. Se questo, come tutti gli elementi che si palesano nei suoi incubi, è un dato rilevante, io non posso essere un obiettivo perché non sono riuscito ad aggiudicarmi neppure la medaglietta nella gara delle tabelline in terza elementare!»

17 NOVEMBRE

Davanti allo specchio del bagno, intento a radersi, mezza faccia ancora coperta dalla schiuma cremosa, all'improvviso transitò nella sua mente, riemerse dalla memoria, la foto del volto di Re Tarallo, del pasticcere, che si sovrappose al più famoso volto di frutta e verdura, composizione di natura morta come nei dipinti di Arciboldo. Uscì rapidamente dal bagno con mezza faccia rasata e mezza no per raggiungere la scrivania dove campeggiavano sparpagliate sull'intera superficie le foto degli omicidi di Proteo in ordine cronologico: le guardava cercando di carpire un messaggio invisibile che avrebbero dovuto contenere, ne era certo, che si sarebbe potuto rivelare soltanto agli esperti d'arte. E mentre scorreva quelle immagini in sequenza come venissero proiettati fotogrammi di una pellicola, un lampo illuminò la sua mente, uno squarcio nella foschia che per tutti quei mesi l'aveva ottenebrata, all'improvviso fece chiarezza. Finalmente trovò un senso, un filo conduttore a tutto quell'orrore. Se la foto del crimine del pasticcere ricordava l'opera di Arciboldo, quella di Ania Santos era molto somigliante al disegno dell'impiccagione di Bridget Bishop. Seguì entusiasta la sua intuizione. Ritrovò sicurezza in sè stesso e avviò una ricerca in internet di soggetti nell'arte che ricordassero le scene degli omicidi perpetrati da Proteo. Ciò che ottenne furono alcune associazioni possibili, alcune ideali sovrapposizioni: il caso Flagelli alla tela Mayday di Antonio Casali; per gli omicidi dei gemelli Cuccio pensò all'olio su tela Donna al volante di Elisa Maggioli e San Girolamo scrivente di Caravaggio; il delitto Frischi a Wheelchair di Wenfei ye. Per il pasticcere Bisceglie trovò un connubio perfetto con l'assemblaggio fotografico digitalizzato di Carolina Moretti e Matteo Abbo. Se la sua linea di pensiero poteva avere una qualche validità, il Proteo, oltre ad essere intelligente, scaltro, ossessivamente attento ai particolari, come Eleonora aveva sostenuto fin dal principio, era sicuramente amante dell'arte.

A chi stiamo dando la caccia? Un intenditore per passione o un professionista esperto? Un artista frustrato che non ha ricevuto la considerazione che ritiene meriterebbe? Ma tutto ciò dove ci dovrebbe condurre?

«Ricordi che oggi nel primo pomeriggio abbiamo quell'incontro con la signora Frenidi che ha manifestato urgenza di comunicarci novità, così si espressa? È importante tu sia presente anche perché tu possa intuitivamente valutare il tipo di persona con cui abbiamo a che fare»

«Sì e per non dimenticarmi dell'appuntamento avevo registrato la data in promemoria. Visto che ci sei, per cortesia, passami a prendere.»

«Allora ci vediamo alle 14:00 sotto casa tua o mi offri direttamente il pranzo?»

«D'accordo. Facciamo alle 12:30. Apparecchierò per due»

«Sono ancora in commissariato e sono affamato. Ti porterò una bottiglia di vino. Rosso o bianco?»

«Preferisco un rosso, grazie» gli rispose mentre tratteneva con l'orecchio lo smartphone alla guancia e preparava una gustosissima omelette senza grassi.

Da pochi minuti avevano fatto ingresso in commissariato nell'ufficio di Giulio quando l'agente Nucci bussò alla porta per annunciare la presenza della signora Frenidi, facendosi poi da parte per farla accomodare.

«Buon pomeriggio, signora. Prego si sieda. Le presento la dottoressa Eleonora Cantini che assisterà al nostro colloquio in qualità di consulente delle indagini. Non vedo l'ora di conoscere le novità; non le nascondo che sono incuriosito e in apprensione riguardo a ciò che ci rivelerà.»

«È accaduto di nuovo. Non era mai successo a così breve distanza. Quelle immagini sono tornate a tormentarmi. Quell'uomo in uniforme, quella persona importante è tornata a spaventarmi e a disturbare il mio riposo la notte scorsa. L'immagine questa volta era più definita e presentava alcuni dettagli che l'altra volta non erano emersi o per lo meno non ero stata in grado di rilevare»

«Finalmente abbiamo il volto di quest'uomo? È in grado di fornirci particolari del suo viso? Possiamo tracciarne un identikit?»

«No, purtroppo no. Però si trovava in una stanza o in un ambiente in cui erano appesi degli orologi molto grandi in cui le ore erano indicate da numeri cardinali. Mentre l'uomo li consultava essi sembravano sciogliersi, squagliarsi come fossero fatti di gelato. Ho pensato potesse significare che il tempo a nostra disposizione stia per scadere. Forse perché egli dovrà indagare su un omicidio che avrà luogo tra pochi giorni oppure sarà presto vittima dell'assassino?»

«Possiamo quindi confermare si tratti di un militare, un poliziotto, un soldato, un carabiniere visto che indossa un'uniforme e scartare l'ipotesi sostenuta dal commissario dopo il vostro primo colloquio che possa trattarsi di un funzionario, un politico...» cercando conferme Eleonora.

«Sono certissima indossi un'uniforme anche se l'immagine non contiene particolari che mi permettano di individuare l'arma, elementi accessori o il tipo di berretto» insistette la signora Carlotta, un po' indispettita dalla sospettosa osservazione della profiler.

Ringraziata e salutata la signora Frenidi, riaccompagnata a casa da una volante, Giulio volle immediatamente conoscere l'impressione ricevuta dalla Cantini circa le dichiarazioni dell'involontaria e insolita testimone.

«Non mi sembra una visionaria o una che voglia darsi delle arie. Forse un tipetto un po' permaloso, sulla difensiva. È comprensibile: dover raccontare che sogna cose strane e di tal natura, la espone a giudizi fastidiosi e la potrebbe rendere bersaglio di prese in giro o attribuirle la nomea di fattucchiera o di uccello del malaugurio»

19 NOVEMBRE

I giorni scorrevano veloci e piuttosto mesti per il Grandi. Il tempo sembrava fuggire, occupato dagli intensi impegni professionali, costretto dalle circostanze a collaborare quotidianamente con Eleonora, ad incontrarla e sentirla al telefono. Oramai il solo fatto di lavorare sul caso Proteo gli procurava angustia e nostalgia di quelle giornate che gli avevano portato il conforto dell'affetto di colei che aveva accanto. Questi erano i pensieri ed i sentimenti che affollavano la mente ed il cuore di Francesco mentre guidava verso casa. Per un istante gli occhi catturarono l'immagine del datario sul cruscotto dell'automobile e un flash riportò alla memoria un appuntamento preso a malincuore e non disdetto. Quella sera, la voglia di svuotare la mente dalla negatività dedicandosi a mezz'ora di meditazione, sdraiarsi sul letto, guardare un vecchio film western o d'azione, si rivelava una lista dei desideri da accantonare e ritirare fuori l'indomani. Anzi, doveva affrettarsi perché Mauro Pregadio da lì a poco avrebbe suonato alla porta.

In attesa del suo ospite, stappò una bottiglia di vino rosso che versò nel decanter, con l'idea, non avendo cenato, di offrirlo con un assortimento di formaggi sistemati sul tagliere di legno, abbinati a due o tre varianti del nettare delle laboriose api, versati in coppette con apposito coglimiele. Aveva appena deposto il tagliere sul coffee table che sentì lo squillo del citofono. La voce, femminea e untuosa, a suo parere, del Pregadio, arrivò alle sue orecchie, sgradita. Lo invitò a salire con l'ascensore al quarto piano e lo attese a porta aperta.

«Buonasera, gentilissimo Francesco. Le sono molto grato di avermi concesso questa opportunità. Lei non può immaginare quanto ci tenessi ad ammirare le sue tele di Dalì. È uno dei miei pittori preferiti e mi è capitato soltanto un paio di volte di essere a tu per tu con il suo genio ma in gruppo e la guida ci allontanava concedendoci poco tempo per soffermarci a cogliere ed apprezzare i particolari»

«Per carità! Prego, entri e si avvicini. Ammiri le tele tutto il tempo che riterrà necessario. - indicando a Mauro i due quadri posizionati sulla parete di fondo, perché non ricevessero luce solare diretta che penetrava di giorno dalle finestre ma illuminati da apposito gradiente elettrico. - Intanto io, se permette, mi accomoderò sul divano e mi rifocillerò. Se, poi, gradisce, le farò assaggiare questo delizioso vino.» versandolo nel suo bicchiere, nella segreta speranza, al contrario di ciò che aveva affermato, l'ospite si stancasse presto e lo liberasse dalla sua presenza.

Finalmente seduto, calato il silenzio tra i due, tanto agognato dal Grandi, concentrato nell'ascoltare le note etiliche che incantavano le sue papille, sobbalzò all'attivazione della suoneria del cellulare, dimenticato nella sua valigetta, abbandonata accanto all'uscio, ai piedi dell'appendiabiti. Suo malgrado, fu costretto ad alzarsi e recuperare lo smartphone ma non fece in tempo a rispondere. Sorpresa delle sorprese: chiamata persa di Eleonora. La contattò: affettuosamente lo salutava e lo invitava a raggiungerla in casa sua per una cena perché gli voleva parlare.

«Avrei accettato volentieri. Sarei accorso per scroccare una cena stasera, visto il frugale desinare che all'ultimo minuto mi sono organizzato. Devo rinunciare perché ho un ospite. Sono in compagnia di un conoscente incontrato in una casa d'aste che mi ha chiesto di poter ammirare i miei Dalì»

«Avrei dovuto contattarti nel primo pomeriggio ma sai quanto sia disorganizzata e conosci la mia pessima abitudine di non programmare nulla ma agire d'istinto. Anch'io ho fatto molto tardi stasera. Non preoccuparti. Sarà per un'altra occasione! Allora, buona serata»

«Se è urgente, anche domani sera. Fai tu»

«D'accordo. Ci sentiamo domani in tarda mattinata con tutta calma. Buonanotte»

«Buona cena e buon riposo. A domani»

Si rilassò, poggiando la schiena al divano e liberando i piedi dalle scarpe, articolando le dita per restituire ad esse una mobilità negata da ore, sul tappeto. Gettò uno sguardo a Mauro che gli dava le spalle, affascinato ed ipnotizzato davanti alle tele, almeno così gli sembrava. Quella presenza indesiderata, come avesse potuto leggergli nella mente, si voltò e forse, dall'emozione provata all'incontro con Dalì, fu colto da un movimento irrefrenabile ed inconscio di sistemarsi il colletto della camicia, come se non fosse mai soddisfatto o gli procurasse prurito.

Francesco, in quell'istante, come se un velo si squarciasse davanti ai suoi occhi, nell'estraneo, di cui conosceva soltanto il nome e la sua vantata passione per l'arte, riconobbe il Proteo ed il suo tic. Cercò di simulare indifferenza, mentre il cuore gli batteva talmente forte nel petto da pensare gli scoppiasse o che il famigerato Pregadio potesse avvertirne il battito.

Eleonora dispiaciuta dal mancato incontro con Francesco verso il quale si sentiva responsabile di aver interrotto la loro relazione improvvisamente e in modo inatteso che aveva prodotto molta amarezza e delusione nell'uomo, comunque sempre un amico per lei, avrebbe desiderato sfruttare quell'occasione per meglio giustificare le sue scelte ed il suo comportamento. Riflettendoci le pareva strano che Francesco, soprattutto a quell'ora, a fine giornata, avesse dato un appuntamento a casa sua ad un quasi estraneo quando era consapevole che era un privilegio che avrebbe concesso assai raramente a un ristrettissimo numero di persone di comprovata fiducia. Ripensava alla discrezione e alla ossessiva difesa della privacy che Francesco aveva mostrato anche verso di lei e quanto tempo avesse fatto trascorrere prima di accoglierla ed invitarla a cena a casa sua. Chi mai poteva essere questo individuo per riuscire da semplice conoscente, come egli stesso lo aveva definito, a far breccia nella connaturata riservatezza del questore? Contrariata dall'atteggiamento di infranta intimità, visto che seppure per breve tempo e per poche occasioni, la casa del questore l'aveva considerata anche sua, nella sua mente, idealmente stava camminando nel salotto dell'amico di cui aveva sempre apprezzato la calda atmosfera. Ecco che si ritrovò davanti ai due quadri di Dalì.

«Porca miseria! Dalì... i quadri... la Frenidi... gli orologi... Francesco potrebbe essere la prossima vittima di quel maledetto»

«Se non ti dispiace, mi allontano un attimo. - si giustificò Francesco informando il suo ospite - Mettiti comodo e versati del vino. Ho necessità di andare in bagno» infilando nella tasca posteriore dei pantaloni il cellulare che aveva abbandonato sul divano, accanto alla coscia sinistra.

Socchiuse la porta del bagno e mentre teneva d'occhio l'esterno, sbirciando attraverso lo spiraglio, compose il numero di emergenza della Polizia per dare l'allarme, avvertire i colleghi e sollecitarli a raggiungerlo più in fretta possibile.

Senza perdere altro tempo, richiamò Francesco ma trovò la linea occupata. Provò altre tre volte a contattare il questore ma senza risultato perciò ripiegò su Giulio e, agitata, spaventata, angosciata, gli espose i suoi sospetti: un anonimo ospite, probabilmente Proteo, poteva trovarsi nell'appartamento dell'amico, non si sa come conquistata la fiducia del Grandi. Faticò a restar lucida. La sua voce era alterata.

«Andiamo da Francesco. Vediamoci sotto casa sua. Vieni con la scorta. Esci subito. Non perdere tempo» tagliò corto Giulio, al momento non interessato ad approfondire le sue ragioni.

Sussurrava all'operatore la sua urgenza pensando di aver eluso il sospetto del nemico ma all'improvviso la porta si spalancò ed una mano robusta con presa decisa lo afferrò per un braccio e gli assestò una pugnalata al fianco destro, trattenendolo e trascinandolo, tirandolo da sotto le braccia. La chiamata, partita al 112, non si era interrotta. L'operatore al centralino era in linea e poteva ascoltare tutto: il rantolo soffocato di sofferenza emesso da Francesco; il rumore provocato da oggetti caduti a terra a seguito della resistenza che il questore, mortalmente ferito, tentò di opporre, senza successo, mentre il Pregadio lo trascinava sul pavimento dal bagno al salotto, lasciando dietro di sé una larga scia di sangue che il povero Grandi perdeva abbondantemente dalla profonda ferita infertagli. Mauro lo insultava, lo derideva, lui e tutta la Polizia e nel delirio d'onnipotenza che la malsana euforia aveva attivato, rendendolo assai loquace, fuori controllo, la voce da suadente e gentile si era fatta stridula. Aveva raggiunto il suo scopo e punito ferocemente il suo nemico. Il cellulare era ancora nella mano destra di Francesco mentre l'operatore, inoltrato intervento immediato ad una volante, sollecitava l'urgenza e attivava richiesta di un'ambulanza per probabile grave ferito. Proteo troppo impegnato a riprendersi una rivincita, a manifestare la sua superiorità, intellettuale e criminale, sugli inquirenti coinvolti in prima persona, a soddisfare il maniacale collezionismo di omicidi, permise, in un estremo ultimo sforzo a Francesco di lasciare un indizio che, ne era sicuro, la Cantini avrebbe certamente saputo interpretare: l'ultimo suo pensiero, un regalo alla donna ed alla professionista che amava sinceramente.

Allertato il commissariato Viminale, il commissario Fabio Leggeri seguito da due agenti si precipitò nell'appartamento del Grandi. Accanto al cadavere del questore, sul coffee table notò un foglietto piegato a metà, trattenuto da un cellulare. Indossò i guanti in lattice e con cautela aprì il piccolo rettangolo di carta.

"Signora Cantini ti credi sagace

ma dovrai metterti l'anima in pace.

Quando io voglio son essere crudele

riempio il tuo animo di molto fiele.

Colpisco duro, dritto al cuore,

per provocarti molto dolore.

D'ora in avanti stare attenta dovrai

prima o poi la vita anche tu perderai"

Rivolgendo poi la sua attenzione al corpo senza vita del collega, per un primo esame della scena del crimine, rilevò che il decesso probabilmente era subentrato a causa di una ferita profonda all'altezza del fegato. La mano destra leggermente spostata dal fianco con le dita sporche di sangue abbandonata sul pavimento, il braccio sinistro poggiato sul grembo. A circa quaranta centimetri dal fianco sinistro l'anello di Proteo sembrava essere scivolato dalla mano del Grandi. Seguendo a ritroso la scia di sangue, arrivò sulla soglia della sala da bagno, la porta spalancata, rivelò la presenza di un coltello a lama grossa sul pavimento. Quando Eleonora, accompagnata da Giulio, si precipitò nell'appartamento di Francesco, in preda all'angoscia, nessun agente posto all'entrata del palazzo e della porta dell'interno per tenere lontano gli inquilini del condominio ed i curiosi, riuscì a fermarla. Davanti al corpo senza vita di Francesco, non soltanto per l'espressione di immobilità ma soprattutto per quell'artificiale abbandono plastico, come se dal momento che la morte lo aveva raggiunto, avesse cominciato a sciogliersi, a liquefarsi, Eleonora dimenticò completamente il suo ruolo, la necessità di non inquinare la scena del crimine: si ritrovò a terra, le lacrime irrefrenabili scivolavano sulle sue guance, rivelando un coinvolgimento inatteso in una personalità sempre controllata, inappuntabile e rigidamente professionale, mostrata fino a quell'istante. Giulio, colpito dal tormento che faceva soffrire la donna per l'omicidio del collega, le si avvicinò e con energia la sollevò allontanandola da Francesco. La Cantini si appoggiò, si aggrappò all'unico sostegno, all'unica mano tesa che le venivano offerti di fronte ad una situazione scioccante, ad una vicenda che la toccava nel profondo, ad un'esperienza che non era preparata ad affrontare. Nei giorni passati si era ritrovata spesso a riflettere sui rischi che comportava il suo mestiere, sull'essersi scoperta indifesa ed esposta alla crudeltà di individui che fino ad allora per lei erano stati semplicemente soggetti di studio, casi di laboratorio, assai lontani dal suo quotidiano improvvisamente violato. Il Migliore la condusse fuori perché respirasse, perché recuperasse autocontrollo e per la seconda volta la soccorreva, era accanto a lei per infonderle coraggio. L'uomo, però, non capiva. Probabilmente Eleonora colse l'interrogativo nell'espressione dell'uomo. I suoi occhi esprimevano tristezza, sofferenza, impotenza che turbarono il commissario.

«Francesco Grandi, per me, non è soltanto il questore che mi ha convocata mesi fa quando questo orrore ha avuto inizio, affinché mettessi a disposizione la mia esperienza e le mie competenze. Avevamo già collaborato insieme; per questo mi venne a cercare quando risultò palese che gli omicidi, che a cadenza più o meno regolare si verificavano in città, erano frutto della stessa mano. Fu naturale frequentarci anche nel privato dando inizio ad una specie di relazione che non è mai decollata, sicuramente per colpa mia perché, sebbene riconoscessi in lui un uomo interessante, colto, piacevolmente galante, non sono riuscita a provare un particolare trasporto, ad abbandonarmi, a costruire quell'intimità, quella complicità che speravo. Ho compreso soltanto recentemente la causa: non ne ero innamorata. Ho rimandato il più possibile, ho atteso forse troppo il confronto con lui perché cosciente che da parte sua c'era molto coinvolgimento. Interrompere la frequentazione l'avrebbe ferito. Non ho potuto evitarlo e gli ho comunicato che mi ero innamorata di un altro. Preoccupata, proprio stasera l'ho invitato a cena. Era contento di sentirmi però era già impegnato e devo dire che sul momento la cosa mi è sembrata strana perché raramente, parole sue, ha accolto in casa estranei. Mi avrebbe rivista volentieri domani sera. Se l'avessi contattato nel primo pomeriggio magari l'avrei trovato libero, avrebbe cenato a casa mia e sarebbe ancora vivo. Se non lo avessi lasciato magari avremmo trascorso la tarda serata insieme e non sarebbe rimasto da solo ad affrontare l'assassino - si era seduta sugli scalini dell'ingresso dello stabile e mentre parlava, si teneva la testa tra le mani, il volto nascosto dai capelli. Giulio non poteva leggere quanto fosse affranta, quanto rammarico e quanto dolore celasse – A cosa serve impegnarsi tanto, sacrificare tempo e denaro per raggiungere conoscenza e capacità se tutto questo non è sufficiente nemmeno a proteggere e difendere gli amici, le persone a cui vogliamo bene? Me lo spieghi? – alzando la voce con disperazione e sconfitta – Me lo spieghi? Sei in grado, tu, di dirmi a cosa è servita la mia consulenza se questi sono i risultati che abbiamo ottenuto? Ed ora che ci penso: quel maledetto per punirmi, distruggermi dentro, annientarmi, non essendo riuscito ad eliminarmi fisicamente, ha colpito un mio amico per vendicarsi della mia determinazione ad arrivare a lui. - scattando in piedi -

Ora sono sconfitta ma non mi ritirerò, non mi arrenderò, non rinuncerò. Dovessi impiegare anni, svelerò la sua identità e farò in modo che gli mettano la camicia di forza e buttino la chiave. Pazzo annoiato, dall'esistenza senza scopo!» piangendo, sfogando la sua rabbia, la sua impotenza con violenza, la stessa che l'assassino aveva dispensato alla sua vita.

Con energia asciugò le lacrime con le mani quasi a volerle strappare dagli occhi, e lasciando Giulio, lì, senza rivolgergli parola per anticipargli le sue intenzioni, rientrò nell'abitazione del questore ed iniziò a girare per l'appartamento. Stravolta, prima, non aveva prestato alcuna attenzione al salotto ma ora notò le due opere di Dalì sulla parete di fondo: gli orologi molli. Poi rivolse il suo sguardo su Francesco. I suoi occhi passavano dalle tele al corpo dell'amico, dal Grandi alle tele come se stesse seguendo una partita di tennis, inconsciamente obbligata a questo destra sinistra, sinistra destra, assorbita nell'automatico movimento. Ad un tratto questo pendolare regolare moto s'interruppe ed Eleonora riemerse dall'ipnotico estraniamento. La sua mente finalmente focalizzò ciò che fino a quel momento non era riuscita a cogliere: la specularità tra il corpo del questore e uno dei quadri di Dalì. L'assassino aveva adagiato Francesco a riprodurre lo scivolare, il piegarsi plastico degli orologi nelle membra inermi. La profiler però aveva la sensazione che questo omicidio del Grandi non fosse stato eseguito con la stessa attenzione destinata ai precedenti, non fosse stato completato. L'assassino probabilmente non aveva avuto tempo sufficiente per definire la sua rappresentazione nei particolari. Infatti perché, si domandava, l'anello non era stato applicato, fissato ad una parte del corpo ma, al contrario, giaceva solitario sul parquet? Si aveva l'impressione che fosse stato lanciato distrattamente. Soltanto la fretta di uscire dall'appartamento del questore poteva giustificare il differire di quei dettagli rispetto alle altre scene del crimine firmate Proteo. Ginocchia a terra, si piegò per osservare da vicino l'area intorno alla vittima. Individuò una macchia di sangue sui listelli che, a guardarla meglio, sembrava un segno. Il commissario la osservava. L'improvvisa ripresa di Eleonora invece di tranquillizzarlo, lo preoccupava: temeva la donna fosse in preda ad una fase di iperattività come risposta inconscia allo stress, al trauma per la morte dell'amico che spesso viene seguita da depressione. Quando la vide avvicinare il volto al pavimento, intervenne.

«Che stai guardando? Cosa fai?»

«Ha scritto qualcosa. Ci sono dei caratteri. Ecco, ci sono: Picasso. L'ha scritto Francesco. Persino in fin di vita ha pensato di aiutarci... Quanto gli deve essere costato... Immagina quale sofferenza... Che cosa voleva comunicarci? È un messaggio? Una password? Hai qualche idea?»

«Non lo conoscevo nel privato. Ci vedevamo in quelle rare occasioni in cui fissava riunioni per aggiornarsi sul caso Proteo. Parlavamo soltanto di lavoro. Non eravamo amici. Se quella parola, il nome del pittore andaluso, è un indizio che deve condurci da qualche parte, soltanto tu puoi capirlo. Il messaggio o qualsiasi cosa sia, l'ha lasciato per te. Avendolo frequentato, in confidenza, sicuramente riflettendoci, arriverai dove Francesco voleva guidarti»

La profiler tornò in piedi e intraprese una sorta di pellegrinaggio fra le sale dell'appartamento. Sapeva che quella sera il questore era rientrato tardi. C'era disordine dappertutto ma era un disordine di vita vissuta, non dovuto alla trascuratezza o allo sporco. Si trattava, comunque, di un ambiente elegante che rispecchiava il buon gusto dell'inquilino. Si diresse nello studio di Francesco dove, alle spalle della scrivania, dominava la sala un'enorme libreria che occupava l'intera parete fino al soffitto, che aveva sempre trasferito nella donna una sensazione di oppressione. Fu allora che il suo sguardo cadde su un ripiano sul quale c'era un cofanetto aperto in cui faceva bella mostra di sé la medaglia al valor civile. Finalmente un lampo illuminò la sua mente: ricordò che mesi prima, al ristorante Pasto Divino, Francesco le aveva raccontato la motivazione di quel riconoscimento. Sulla scrivania erano allineate in mostra le foto degli omicidi di Proteo. Era palese avesse riflettuto a lungo su quelle immagini. Aveva forse cercato particolari, elementi che sarebbero dovuti emergere ad una più profonda osservazione?

«Giulio, guarda qui. Francesco ha condotto una sua personale linea di indagine partendo dalle foto delle scene degli omicidi. Ha associato ogni foto ad una frase o ad un nome che però non mi dicono nulla. Chissà lungo quale percorso la sua mente lo stava conducendo…»

«È possibile accedere alle cartelle del desktop del suo portatile? Magari ha salvato qualche riflessione, può aver annotato i suoi ragionamenti, le sue conclusioni»

«Occorre una password. Però, a questo punto, mi verrebbe da suggerire di inserire la parola che ha tracciato sul pavimento. Tu che ne dici?»

«Provaci. Cosa aspetti?»

«Niente da fare. Non è questa la password corretta»

«Inserisci come password il tuo nome.»

Come Eleonora confermò l'inserimento del suo nome, il desktop si illuminò rivelando le cartelle presenti salvate. Una in particolare emergeva fra tutte, quella nominata PROTEO. Aprì il file ivi contenuto. Appariva chiaro da una relazione scritta dal collega che il serial killer fosse un appassionato d'arte ed ogni omicidio fosse stato trasformato in una rappresentazione, un quadro, a imitazione del soggetto di tele più o meno note al grande pubblico. Il collega aveva fatto una ricerca accurata: ad ogni foto aveva associato una tela. Quei nomi e frasi inizialmente incomprensibili, erano i titoli dei quadri a cui Proteo, secondo Francesco, si era ispirato.

«Non sapevo che il Grandi - commentò incredulo Giulio - fosse un intenditore!»

«Sono stata proprio una stupida! Come ho fatto a dimenticare un episodio così particolare di cui mi aveva parlato diffusamente? Avrei dovuto collegare subito ciò che ci ha rivelato la signora Frenidi circa un uomo in uniforme, la medaglia e i grandi orologi che si squagliavano con la persona di Francesco. Che imbecille! Avevo in mano tutti i pezzi del puzzle per completare il quadro, intervenire prontamente e salvargli la vita. Ho fallito! Non credo riuscirò mai a perdonarmelo»

«Devi imparare a perdonarti. Soprattutto in questa occasione dove hai fatto molto sostenendo le indagini. È umano sbagliare. La nostra mente spesso attenta, rapida, lucida, può attraversare momenti di distrazione, stress, stanchezza e non si dimostra brillante come ci occorrerebbe»

«Questo non è una svista, un errore. Questa è una cosa gravissima: abbiamo perso una vita umana, un amico che poteva essere salvato, che io potevo salvare!»

«Nessuno ti può condannare. Hai fatto tutto ciò fosse possibile in quel momento»

L'indomani, a pranzo a casa di Giulio, il commissario in cucina ai fornelli mentre rimestava il sugo nel tegame con il grande cucchiaio di legno, ogni tanto gettava un occhio alle sue spalle, dove, seduta al tavolo, Eleonora seguiva imbambolata e con espressione mesta i movimenti dell'amico, come se stesse riproducendo passi di una coreografia, ancora sopraffatta dal dispiacere di come gli eventi fossero precipitati. Soprattutto ora si rammaricava ed il rimorso la invadeva, non avendo fatto in tempo a chiarirsi con Francesco, a spiegargli ciò che aveva nel cuore. Fu riscossa da un'improvvisa osservazione del Migliore.

«Capisco come ti senti. Non stare a rimuginare sempre sullo stesso concetto. Utilizziamo tutte le nostre energie e convogliamo tutta la nostra rabbia sull'obiettivo di assicurare questo sporco criminale alla giustizia»

«Non credo proprio tu possa capire quello che sto vivendo. Sono perseguitata dalla convinzione che se lo avessi contattato il giorno prima, avrebbe accettato di vedermi e gli avrei potuto chiarire la mia situazione, i miei sentimenti, che nulla avevano a che vedere con un rifiuto nei suoi confronti. È morto con la convinzione lo avessi abbandonato preferendogli un altro»

«Ti ha chiesto chi fosse il suo rivale? Gli hai comunicato il nome dell'altro uomo?»

«Macché, era in confusione. A che scopo fare nomi? Ironia della sorte, non ho la minima idea se, la persona di cui mi sono innamorata, mi ricambi, abbia un qualche interesse nei miei confronti che vada oltre l'amicizia»

«Dovrebbe essere cieco per non apprezzare la bella persona che sei o si tratta di un uomo già impegnato, figli a carico e madre vedova?»

«Da quelle poche parole che sono riuscita a tirargli fuori sull'argomento, risulta non essere impegnato, a meno che mi abbia rifilato una bugia, ma non mi sembra il tipo»

«Se ti può essere utile, io sono qui, sfogati pure. Parlami di ciò che più ti affligge»

Così mentre gustavano un piatto di amatriciana, Eleonora si confidava e rianalizzava il suo rapporto con Francesco e ciò che secondo lei non aveva funzionato.

«Mi sono resa conto di non essere innamorata di lui quando, frequentando un altro uomo, con quest'ultimo è scattata automaticamente profonda empatia»

«Che lo abbia capito oppure no, ora come ora, lo invidio veramente. Vorrei essere io il soggetto al centro dei tuoi pensieri. Essere io l'uomo in grado di suscitare tale sconvolgimento in te»
Eleonora, sorpresa, lo guardò a bocca aperta, non credendo alle sue orecchie.
«Mi guardi come se avessi detto un'eresia. Non ritieni possibile che tu possa interessarmi? Ebbene, sì, lo confesso, m'interessi moltissimo, carissima Eleonora Cantini!»

«Confessione per confessione, sappia - Eleonora, arrossendo, rivelò - commissario Giulio Migliore, è proprio lei l'uomo di cui parlavo prima»

«Questa sì che è una rivelazione!» avvicinandosi, Giulio, la strinse tra le braccia, con l'intenzione di baciarla ma la donna voltò il viso e finì per sfiorarle la guancia.

«Va bene... Lasciamo perdere. Forse ho sbagliato momento...»

«Non fraintendere. L'idea era buona. Ma non sono dell'umore adatto. Ne riparleremo quando sarò più serena» esternò Eleonora ricambiando però il suo abbraccio.

Vennero bruscamente interrotti dalla suoneria del cellulare di servizio

«Ora devo proprio rispondere»

Terminato di parlare con Fabio Leggeri, Giulio informò Eleonora delle novità: la Scientifica aveva trovato in casa del Grandi una telecamera a circuito chiuso puntata sui quadri ma non il vano con il pannello di controllo.

«Andiamo noi a cercare in casa di Francesco dove lo nascondeva. Sono entrata molte volte in quella casa: sarà più facile per me individuare un posto del genere»

«Mi hanno riferito che hanno esaminato la cronologia dei messaggi dei social e delle comunicazioni. Non hanno trovato anomali ed eventuali nuovi contatti che potessero sollevare un qualche sospetto. Nel portafogli però hanno rinvenuto un biglietto da visita di un tal Mauro Pregadio, direttore della galleria d'arte Emozioni, sita in via Giulia. Mi dicevano che hanno provato a contattare il tizio ma è risultato numero non più attivo, relativo ad una Sim prepagata, acquistata e caricata in contanti. Manca perciò la tracciabilità. Quando si sono recati questa mattina in sede, non hanno trovato alcuna galleria»

«Quindi questo falso Pregadio potrebbe essere il famigerato ospite di ieri sera che gli ha impedito di raggiungermi e molto probabilmente l'assassino, Proteo» commentò Eleonora.

Il corpo di Francesco era stato rimosso ma girando nell'appartamento dell'uomo, Eleonora aveva la sensazione si trovasse ancora lì, riverso sul coffee table del salone. Rabbrividì. Giulio la vide bloccata al centro della sala, le prese una mano nella sua per rassicurarla ed incoraggiarla.

«Certo la telecamera è praticamente invisibile. Guarda come l'aveva posizionata... Tra lo spigolo del soffitto e la tenda. Impossibile vederla!»

Proseguirono insieme la perlustrazione e davanti allo specchio del mobile bar, la Cantini, osservando la successione di bottiglie, notò che soltanto una di esse era piena, quella del liquore preferito dal Grandi. Istintivamente l'alzò e lo specchio si sollevò scorrendo in verticale lungo i binari laterali rivelando la presenza di un display con tastierino alfanumerico per digitare una password.

«La parola lasciata da Francesco!»

«Inseriscila: digita la sequenza dei caratteri»

Accettato il codice, il display si illuminò in verde, uno sportelletto si aprì rivelando un piccolo vano in cui un computer acceso ancora registrava le immagini che sul monitor riportavano la parete con i quadri.

«Eleonora, per cortesia, passa davanti ai quadri»

In quel momento la telecamera la riprese, rivelando la sua presenza sul monitor.

Il Migliore si affrettò a contattare la Scientifica perché venisse analizzato il contenuto dell'hardware.

20 NOVEMBRE

Le uniche informazioni ottenute dagli inquilini del condominio erano quelle relative ai residenti del piano sottostante all'appartamento di Francesco che riferirono di qualche rumore, tra l'altro non sospetto, simile alla caduta di una bottiglia e di uno spostamento di mobilio che non produssero allarmismo nei suoi vicini. Sulla scrivania di Giulio arrivò un fascicolo con i risultati dell'esame tecnico dell'hardware del computer del Grandi in cui l'indicazione più importante riportata nella relazione era stata evidenziata per risaltare agli occhi, abbinata ad una serie di ingrandimenti di fotogrammi che rivelavano la presenza di un individuo che trascinava un corpo e soprattutto l'immagine di un volto restituita piuttosto chiaramente dal riflesso prodotto dal vetro di uno dei quadri.

«Abbiamo un volto, finalmente! Giulio esclamò ad alta voce, nella solitudine del suo studio - Ora, per lo meno, sappiamo con certezza con chi abbiamo a che fare. Sempre che non sia l'ennesimo travestimento...»

Cercò immediatamente di contattare Eleonora. Sentiva l'urgenza di metterla al corrente delle novità. La donna gli rispose e con voce entusiasta le raccontò dell'immagine ingrandita e definita ottenuta dalle analisi delle riprese della telecamera del Grandi.

«Beh, adesso potrai diramare questa immagine come identikit a tutti i commissariati coinvolti e potresti farla girare nei quartieri e nelle zone della città in cui il killer ha agito. Chissà che un cittadino, un inquilino, un dipendente, un negoziante non riconosca in questo volto un vicino, un collega, un conoscente... Insomma chissà che non si possa arrivare ad un nome e un cognome...»

«Avrei pensato di proporre al vicequestore di fare pubblicare questa foto sui maggiori quotidiani di Roma e sul Neracronacanera, considerando che sono mesi che i suoi affezionati lettori seguono gli sviluppi delle indagini sugli omicidi di Proteo»

«Potresti osare alzando il tiro suggerendogli di farla mandare in onda dai TG nazionali delle 13:00 e delle 20:00. Avremo la certezza di raggiungere un pubblico più vasto possibile»

«L'idea è ottima. Tutto sta nel convincere il vicequestore che sia necessario per incastrare il pluriomicida»

«Se pensi possa essere utile la mia presenza e una mia dichiarazione ufficiale, sono disponibile ad accompagnarti per avvalorare l'indispensabile iniziativa»

«Grazie. Ti aggiornerò e ti farò sapere, soprattutto in base all'aria che tira. Non ci ho mai parlato. Speriamo si riveli una persona dalle larghe vedute, non troppo vincolato alle procedure»

Quella sera, seduti uno accanto all'altra, mentre sgranocchiavano mandorle tostate ed arachidi, sintonizzati sul TG delle 20:00, ascoltarono con molta attenzione il servizio di cronaca, in cui veniva mostrato al pubblico il fermo immagine dell'assassino, sottotitolato con numero verde ed indirizzo mail per contattare la Questura.

«Ti pare possibile che una persona attenta, pignola, ossessiva come Proteo, non si sia fatto un giro per l'appartamento di Francesco prima di andarsene?»

«Secondo me gli è mancato il tempo. Questo omicidio non è stato condotto con la stessa meticolosità che è stata una peculiarità del suo agire. Se si è reso conto che Francesco aveva inoltrato una richiesta di intervento, si è trovato di fronte ad una scelta: sistemare il suo corpo in base al quadro da imitare o cercare eventuali telecamere ed eliminare ogni traccia del suo passaggio con la medesima efficienza che abbiamo ammirato fin dal primo omicidio della serie. Ma tu come sei arrivata ieri sera a sospettare che il Proteo fosse a casa sua?»

«Ora confesso che mi ha dato molto fastidio, mi ha stizzito, il fatto che abbia impiegato mesi per invitarmi a casa sua; al contrario accoglie un emerito estraneo, di cui conserva il biglietto da visita perché non ricorda probabilmente neanche come si chiama e si fa ammazzare. Sono contrariata non soltanto a causa della mia mancata prontezza ma anche dal suo anomalo comportamento da pivello. Arrovellandomi sulla sua ingiustificata superficialità, ho visualizzato il suo salotto con le tele di Dalì, gli orologi molli, la medaglia e d'un tratto ho ricordato le parole della Frenidi e la sua descrizione associata all'uomo in uniforme. Come ti ho detto ho provato a richiamarlo per avvertilo del probabile pericolo ma era sempre occupato. Ed ora sappiamo perché: era collegato con il centralino della Polizia»

«In qualche modo deve aver capito con chi aveva a che fare: l'innocuo personaggio gli si è rivelato per il criminale che è»

«Magari questo Pregadio ha manifestato un tic, un atteggiamento ricorrente, che ha insospettito Francesco. Chi lo sa…»

21 NOVEMBRE

Quella mattina, invece di percorrere il solito itinerario che da Talenti lo avrebbe condotto a Viale Libia, nella filiale in cui da otto anni ricopriva il ruolo di responsabile, agitatissimo, vestitosi in fretta, aveva rinunciato ad accompagnare i bambini a scuola, giustificandosi con la necessità di dover presiedere un'importantissima riunione, nei confronti della moglie che protestava di non essere stata informata per tempo la sera prima. Italo, scocciato e preoccupato, infilò la porta di casa, lasciandosi alle spalle i rimbrotti e gli insulti della donna inviperita, che non era abituata ad essere ignorata e stupita dall'inatteso atteggiamento del coniuge che, per la prima volta, sembrava distratto e fuori di sé. L'uomo prese la direzione del centro. Intorno alle ore 09:30 Italo gettò sul letto del mini appartamento, preso in affitto un paio di anni prima, la valigia aperta ed iniziò disordinatamente a riempirla di biancheria e abbigliamento sportivo.

Accidenti! I due Dalì erano autentici. Ed io, ingenuo, mi sono presentato a casa del Grandi senza travestimento. Per di più vengo a sapere dal TG che sono stato ripreso dalla telecamera nascosta!

Il numero verde dedicato alle segnalazioni relative all'omicidio del questore, non smetteva di squillare. In città, il gioco di società in voga era caccia all'assassino. I cittadini, sentendosi protagonisti, avevano chiamato per denunciare taluno e talaltro, a sentir loro, immagine sputata della foto pubblicata. Fra le tante chiamate che avevano intasato la linea, due avevano allertato gli operatori: un uomo di 38 anni, qualificatosi come segretario di un certo Italo Della Torre, Emanuele Volpi, denunciava l'assenza ingiustificata ed inaspettata del suo dirigente che in otto anni non si era mai assentato se non per le ferie comandate e che, sempre secondo il segretario, somigliava molto alla foto vista la sera prima in TV; un certo Fragolini Gabriele, proprietario di un appartamento in via Caffaro, il quale sottolineava la fortissima somiglianza del suo affittuario con la foto pubblicata sul quotidiano ADESSO ROMA.

Il Migliore, raggiunto da queste insperate e positive notizie, contattò immediatamente i colleghi del commissariato Vescovio II e del commissariato Cristoforo Colombo XI perché inviassero celermente una volante sui luoghi segnalati, senza rivelare la loro presenza, per fare appostamento e presidiare senza intervenire, prestando molta attenzione alla comparsa dell'uomo della foto.

«Signor Volpi, sono il commissario Migliore. Si è fatto vivo il dottor Della Torre?»

«No, ancora no.»

«Mi contatti a questo numero se si presentasse. Avrei bisogno mi confermasse l'indirizzo dell'abitazione del suo dirigente»

«Via Ugo Ojetti, 200»

«Mi raccomando, silenzio su tutta la faccenda con chiunque. Potrebbe semplicemente stare male o avere avuto un grave contrattempo.»

«Tieniti pronta. Ti passo a prendere al volo per andare a Talenti dal Della Torre.»

«Mi trovo a La Sapienza. Ti aspetterò all'entrata principale in piazzale Aldo Moro, fontana di destra»

«Buongiorno. Commissario Migliore e dottoressa Cantini. Vorremmo parlare con il signor Della Torre o con la signora»

«Il dottore è uscito prima che arrivassi e la signora Giorgia ha accompagnato i bambini a scuola e poi, probabilmente, si è recata in ufficio»

«Con chi ho il piacere di parlare?»

«Sono la governante di casa Della Torre da dieci anni. Mi chiamo Ada Faggi»

«Mi faccia la cortesia di contattarli e li avverta di raggiungerci. Dobbiamo parlare con entrambi urgentemente. Intanto le mostro il mandato di perquisizione che ci autorizza ad iniziare a perlustrare l'appartamento»

Nel frattempo, i colleghi del commissariato di piazza Vescovio decisero di presentarsi per perquisire la sede della società INFOR&MATICA S.p.A., in cui il Della Torre dirigeva l'ufficio programmazione.

Le indagini nell'appartamento non produssero risultati mentre l'accurata visita nella sede della società valse il ritrovamento di una cartella conservata in una valigetta chiusa con sistema a codice in un cassetto chiuso a chiave della scrivania in cui erano stati trovati foto e report, ricerche svolte su persone:

abitazione, professione, luogo di lavoro, abitudini, attività varie ed addirittura malattie e disturbi di salute.

Intanto alla Garbatella, il quadro si complicava e la situazione si animava. Il Della Torre, valigia alla mano e zaino sulle spalle, uscì furtivamente dal portone, guardandosi intorno, recandosi celermente alla macchina, parcheggiata dall'altra parte della strada. Nel momento in cui apriva il portellone posteriore per depositarvi il bagaglio, due agenti in borghese gli si affiancarono, uno a destra e l'altro a sinistra, sorprendendolo, appellandolo con autorità.

«Dottor Della Torre, lasci tutto qui, chiuda la macchina e ci segua. Non tenti la fuga. La preghiamo di non costringerci a bloccarla usando la forza e a metterle le manette»

Rassegnato, sconfortato dalla deludente piega che la giornata aveva assunto, dalla chiusura forzata ed anticipata del suo artistico operato, li seguì alla vettura di servizio. Mentre sfrecciavano rientrando in sede sulla Cristoforo Colombo, contattarono il Migliore, perché li raggiungesse al più presto, in seguito al fermo del sospettato, per un primo conoscitivo interrogatorio. Giulio accolse con entusiasmo la notizia e confermò la sua presenza in compagnia di Eleonora, che lo vide illuminarsi sul volto, un sorriso dipingersi, manifestando la sensazione di trionfo che finalmente provava dopo mesi di insuccessi, frustrazione ed impotenza di fronte ad un avversario che fino all'omicidio del collega non aveva commesso errori e sembrava invincibile e inarrivabile.

«E andiamo! Ce l'abbiamo fatta! Complimenti commissario: Proteo è catturato»

Nella sede del commissariato Celio I, si presentò trafelata, la signora Giorgia Calamandrei, spaesata e incredula. Inebetita, rispondeva a tratti, sembrava assente, tanto era rimasta scioccata dal motivo della convocazione e dalle spiegazioni, seppur superficiali, fornitele dal Migliore che in via del tutto eccezionale aveva permesso a Eleonora di essere presente, per assistere la moglie del Della Torre, visibilmente in difficoltà, annientata psicologicamente dagli eventi.

«Non riesco a farmene una ragione. Quello che mi raccontate non ha alcun senso per me. Non mi capacito. Non posso proprio crederci! Vi state sicuramente sbagliando: non può essere lui la persona che cercate. Non potrebbe aver fatto ciò che dite: non ne sarebbe mai capace. Lo conosco da una vita. Ci siamo fidanzati quando frequentavamo l'ultimo anno di liceo. Non può essere lui. Non è stato lui. Perché insistete ad affermare che è stato il mio Italo? Perché vi accanite a ritenerlo colpevole?»

«Signora, ci sono stati episodi in cui possa aver riscontrato cambiamento d'umore, un certo particolare comportamento fuori contesto nella sua routine quotidiana, nei suoi orari?»

«Soltanto in meglio. Negli ultimi due anni circa, mi è sembrato più tranquillo, più disponibile con i figli, più sereno come se si fosse lasciato alle spalle un lungo periodo di stress. Infatti questa mattina mi ha lasciato perplessa il suo uscire di corsa da casa, dimenticandosi che doveva accompagnare a scuola i bambini, giustificandosi con la scusa di una riunione improvvisa della quale ieri non aveva fatto menzione come era solito fare»

Anche ad Eleonora apparve chiaro che la Calamandrei era totalmente all'oscuro di quella che poteva considerarsi la doppia vita di Italo Della Torre ed anche se insisteva a non voler lasciare il commissariato perché voleva vedere il marito, parlare con lui, la convinsero a seguire l'agente che l'avrebbe riaccompagnata a casa.

Giulio ed Eleonora si trasferirono nella sala dove era stato fatto accomodare il segretario che era in attesa che qualcuno lo informasse circa cosa stesse accadendo.

«Possibile non abbia mai notato nulla di diverso nel comportamento, nel modo di fare del suo capo?»

«Ma... Non è che davo molta importanza ai suoi cambiamenti d'umore. In azienda ci sono stati momenti molto difficili e spesso era nervoso, costretto a fare fronte ai problemi, magari causati dagli altri e certo questo non lo predisponeva ad atteggiamenti rilassati. Sicuramente è una persona stressata. L'unico aspetto che negli anni ha modificato è il grado di interesse nei confronti del modo di lavorare dei suoi collaboratori e colleghi. Ho osservato che nel tempo non si presentava più nelle stanze a confrontarsi e verificare che i progetti in sviluppo procedessero senza intoppi e secondo il rispetto delle scadenze fissate. Potrei affermare che si è rinchiuso in sè stesso, via via isolandosi, partecipando sempre meno alle colazioni e ai pranzi a cui lo invitavano a prendere parte per trascorrere momenti da riservare semplicemente alla chiacchiera per occuparsi di altro che non fossero problemi di lavoro. Se avesse, poi, problemi familiari o di altra natura, tipo economici, non saprei cosa dirle e come aiutarla. In otto anni che sono il suo segretario, mi è capitato di recarmi a casa sua tre o quattro volte, forse, soltanto per ritirare qualche documento»

Prima di varcare la soglia della sala interrogatorio III, Eleonora propose a Giulio di concederle di porre le prime domande ad Italo, aprire il confronto con il sospettato, riservandogli di inserirsi durante l'interrogatorio.

«Credo lei ci debba molte spiegazioni. Ci vuole raccontare qualcosa? Ci faccia capire la sua motivazione e il suo fine»

«Mettetevi comodi – appoggiandosi allo schienale e sfoggiando un mezzo sorriso sghembo, li scherniva - Ce n'ho da raccontare! Ma prima vorrei rimarcare che avete bruscamente ed indegnamente interrotto la produzione destinata ai posteri di un grande artista»

"Bene. Ce ne parli, allora. Ascolteremo con attenzione – affermò Eleonora, accendendo il registratore al centro del tavolo – Inizi pure a raccontare» intimamente inorridita.

«Sono un'artista. Fin da bambino il mio desiderio più grande era dedicarmi alla pittura. Purtroppo i miei genitori hanno contrastato fin dall'inizio questo mio progetto e non mi hanno permesso di frequentare una scuola d'arte o l'accademia, ricattandomi con la prospettiva di non pagarmi gli studi e di buttarmi fuori casa come figlio ingrato. Non li ho mai perdonati. Mi sono adattato a frequentare il liceo scientifico e mi sono immatricolato in ingegneria, dove, fra l'altro, grazie alla mia intelligenza superiore alla media, ne sono uscito con bacio accademico. Come ingegnere informatico ho trovato subito lavoro ed ho fatto anche carriera ma una volta occupata la poltrona di capo sezione, l'entusiasmo iniziale è scemato: occuparmi a tamponare gli errori di collaboratori impreparati ma assunti su raccomandazione, per fare piacere a questo o a quello; lavorare, lavorare, finendo per trascurare la famiglia, gli affetti, non godendomi i figli, questi sconosciuti; un rapporto di coppia che via via si è usurato con la routine della quotidianità. Mi sono ritrovato a cercare una via di fuga ed è emerso in superficie quel senso d'insoddisfazione, di frustrazione per la mancata realizzazione del sogno e sono stato travolto dalla noia.»

«Prego, continui. L'ascoltiamo»

«In me è sempre rimasta viva e insoddisfatta la necessità di esprimere il mio lato creativo – aggiustandosi il collo della camicia, gesto che fu rilevato immediatamente da Eleonora e Giulio – Negli anni non ho mai dimenticato il mio desiderio di dipingere e mi sono dedicato da autodidatta allo studio dei grandi pittori, frequentando gallerie, musei, pinacoteche e leggendo riviste specializzate. I giorni trascorrevano, pensando e ripensando alle foto di quadri famosi che avevo ammirato, ho iniziato a inventare un gioco, a immaginare di essere un famoso ladro internazionale che ruba quadri da esporre in una galleria privata. Osservando le persone, scorgevo in loro, nelle loro pose e nei loro atteggiamenti, i soggetti delle opere d'arte. Ho riscoperto l'entusiasmo della mia giovinezza, come recuperare il tempo perduto, impiegato in ciò che non mi aveva reso felice. Non mi riconoscevo più nell'Italo ingegnere informatico ma stavo finalmente restituendo spazio all'Italo che non avevo mai potuto essere. Avevo trovato nel mio fantasticare, in questa realtà parallela, un modo per evadere dal vuoto di un'esistenza che non aveva più senso e mi ha fornito quel luogo in cui mi sentivo a mio agio, in cui ho trovato la mia dimensione. Appassionato d'arte e di narrativa gialla, sono oggettivamente molto eclettico – autocelebrandosi, spiegava

Italo - mi viene lo schiribizzo di iniziare a scrivere un romanzo di cui il protagonista è un famoso criminale in grado di mettere in scacco la Polizia. Finalmente mi divertivo talmente tanto da finir per passare dalla finzione alla realtà, conducendo un gioco di ruolo in cui gli avversari erano gli inquirenti. Io stabilivo le regole, io a farmi inseguire. Il brivido del rischio, l'adrenalina sprigionata mi facevano sentire nuovamente vivo. Il successo del risultato acuiva la volontà di alzare la posta in gioco, di misurarmi con obiettivi sempre più complessi»

«Cosa ci dice delle vittime selezionate nel suo infernale gioco di ruolo? Le persone coinvolte le conosceva? Come le ha contattate?» chiese Giulio.

«Contattati? – rise sonoramente Italo, divertito da quella che egli giudicava un'ingenuità – Li ho selezionati tra la folla e li ho seguiti, pedinati per mesi, fino a ottenere una scheda completa delle loro abitudini, orari ed impegni. Una volta inquadrato il soggetto, mi sono concentrato nella ricerca della sua data di nascita per verificare se possibile inserirlo nel mio schema generale.»

«Di quale schema sta parlando?» intervenne Eleonora.

«Ogni preda l'ho abbinata ad una data, ad un segno zodiacale. In realtà sono partito facendo riferimento all'anno solare, da Gennaio. Avendo casualmente assistito ad una festa di compleanno nel ristorante in cui stavo mangiando, è scattata l'idea di abbinare Capricorno a Gennaio; Acquario a Febbraio; Pesci a Marzo e così via. Su questa rigida trama, ho realizzato i quadri della mia esposizione personale, la mia pinacoteca, dopo aver studiato dettagliatamente ogni particolare. Mi ha fatto gioco il fatto che pur se il primo quadro fosse riferito al Capricorno, segno del primo mese dell'anno, non sia stato realizzato in quel mese. Infatti – ridacchiando ironicamente – non ne siete venuti a capo. Per realizzare ogni singolo quadro, ho studiato attentamente il protagonista, seguendolo, cercando di carpirne pregi e difetti, i suoi impegni e i posti che frequentava. Di volta in volta il luogo in cui il gancio mi conduceva al mio soggetto ideale era diverso: un ristorante; un marito in gioielleria; un vicino di casa. È stato un lavoro durissimo. Alla fine i soggetti li avevo individuati tutti. Dovevo scegliere fra i grandi maestri le tele che mi ispiravano di più. Per alcuni avevo le idee chiare, gli abbinamenti e la coreografia sono stati immediati, facili da concepire; per altri lo studio si è rivelato più arduo perché ciò che desideravo rappresentare faceva parte della produzione di artisti minori o contemporanei con cui c'è meno affinità»

S'interruppe, allungò la mano verso la bottiglietta accanto a sé per bere un sorso d'acqua, messa a sua disposizione dagli inquirenti, immaginando in anticipo una seduta fiume per l'interrogatorio dell'anno, la gola completamente arsa, asciutta come il suolo nel deserto.

L'agente presente nella sala, ad un cenno del Migliore, si avvicinò al tavolo, ritirò la bottiglietta vuota con la mano guantata e la inserì in una bustina. Senza proferir parola, accennando con il capo ad un saluto, uscì dalla stanza.

«Iniziamo dal principio. - suggerì Eleonora, approfittando dell'interruzione, mentre Italo riprendeva fiato - Ci esponga dal suo punto di vista il caso di Ania Santos. La donna non è nata né a fine Dicembre, né a inizio Gennaio»

«Beata ingenuità! Nel caso citato, la signora è nata a San Paolo del Brasile, notoriamente attraversata dal Tropico del Capricorno; da qui la decisione che fosse la prima eletta»

«Che noi non saremmo stati in grado di sciogliere l'arcano che si celava dietro la sua attività, lo sta affermando lei ed è tutto da dimostrare. Comunque siamo qui per conoscere la sua versione dei fatti. Proceda»

«Per inscenare l'impiccagione di Sara Bishop, - riprese il Della Torre come se non avesse tenuto in minimo conto ciò che aveva affermato Eleonora - mi sono dovuto adattare ad utilizzare i bagni della sala cinematografica che, di consuetudine, frequentava il Giovedì pomeriggio. L'ispirazione mi ha portato a migliorare l'opera, spogliando il soggetto, aggiungendo l'elemento della nudità, aggiornando l'idea al Novecento.» torturando il colletto della camicia, mai soddisfatto del risultato ottenuto.

«La interrompo nuovamente – incalzandolo Eleonora – Il caso del povero Di Salce, portiere del condominio in via Capo d'Africa. Non mi risulta fosse dell'Ariete; come protagonista della quarta rappresentazione non vedo riscontro»

«Gianfranco Di Salce si è rivelato un ottimo prototipo del fedifrago. Il collegamento sta nella sua moralità, nel suo stile di vita, non nel segno zodiacale: la sua esecrabile abitudine a ricevere in casa l'amante, tradendo vergognosamente la moglie, lo ha reso campione nell'elargire corna a profusione, trasformando la dolce signora Ernestina in una portatrice permanente, un ariete, a tutti gli effetti. E non era neppure la prima volta. Non sia ipocrita: non credo lei avrebbe giustificato il suo uomo se le avesse riservato un tale trattamento. Non comprendo tanto accoramento…»

«Infatti non era mia intenzione giustificarlo. E quale aggancio logico per il pasticcere Enzo Bisceglie?»

«Mi sono ispirato al suo soprannome, Re Tarallo, e lo ho associato al segno del re della foresta, il Leone appunto»

«Deduco, perciò, che il dottor Francesco Grandi, il questore, sia stato scelto come soggetto del segno della Bilancia, riferendosi alla giustizia»

«Ecco, vede, con un po' di allenamento anche lei è in grado di cogliere le mie raffinate metafore artistiche. Non è stato il primo soggetto selezionato per quel segno zodiacale: avevo scelto il giudice Poletto. Alla scoperta del vostro legame particolare ho cambiato idea. Ripiegare sul questore mi avrebbe assicurato un risultato eclatante, aggiudicandomi due piccioni con una fava: colpire il vertice e punire lei»

«E cosa può dirci dell'attentato alla vita della dottoressa?» interloquì Giulio.

«Vi ho visti festeggiare il compleanno della dottoressa la sera del 30 Luglio. Ho capito che era del segno del Leone ed ho provato a sostituire il Bisceglie con una preda prestigiosa. Il gioco non mi è riuscito e, mio malgrado, sono dovuto tornare al piano originario. Non potevo rischiare ulteriormente. Fallito il tentativo, purtroppo, non potevo reiterare l'impresa sia per mancanza di tempo, sia per mancanza di informazioni sulla sua vita. È tutta colpa sua se il Bisceglie è stato ucciso. A quest'ora starebbe ancora ad impastare e a produrre torte e biscotti a volontà! Comunque le ho pure fatto recapitare un biglietto d'auguri, scritto estemporaneamente. Lo ha ricevuto, no?»

«A proposito, di questi biglietti ne abbiamo trovati diversi…»

«Nella mia eclettività, mi diletto anche nella composizione di piccole filastrocche. Sono piccole cose che mi hanno divertito, soprattutto mi hanno permesso di aprire un canale di comunicazione con voi, alternativo ed irriverente, attraverso cui sottolineare i vostri fallimenti»

«È stato molto bravo a depistarci anche grazie ai suoi riuscitissimi travestimenti. Alla fine, comunque, abbiamo vinto noi e lei è qui che ci sta fornendo una piena confessione. Del resto non poteva fare altrimenti. Le prove a suo carico sono schiaccianti»

«Contenti voi... Se riuscite a consolarvi con così poco... Avete perso undici vite per catturare un uomo... Non vedo il successo di questa operazione»

«Abbiamo salvato due vite ed anche se le riconosciamo di aver ideato un piano geniale, noi abbiamo dimostrato di essere intelligenti quanto lei convergendo tante menti su un obiettivo, dispiegando forze e competenze, ricorrendo a professionalità di altissimo livello. Abbiamo ricostruito tassello dopo tassello, omicidio dopo omicidio, la sua opera. Non è il solo intelligente su questo pianeta. Come mai gli altri riescono a farselo riconoscere, mentre lei, ha dovuto uccidere undici persone per elemosinare approvazione e consenso?»

Della Torre colpito nel vivo, faticò a celare il suo disappunto di fronte alla realtà dei fatti che la profiler gli aveva sbattuto in faccia. Abbozzando un mezzo sorriso che gli alzò un angolo delle labbra modificando la sua espressione in una smorfia, suo malgrado, cercò di darsi un tono e replicò come se non avesse raccolto la provocazione della donna.

«Piuttosto, ciò che mi contraria maggiormente è che non ho potuto completare la mia originalissima galleria d'arte. Ero ormai così vicino a portare a termine il mio meraviglioso, creativo museo... Mancavano soltanto due quadri: Scorpione e Sagittario»

«Mi faccia indovinare. Per lo Scorpione aveva per caso selezionato un medico, un infermiere…»

«Esattamente. Avevo scelto un'infermiera dell'ospedale Sant'Eugenio. Avevo scoperto che era allergica al paracetamolo. Avrei inscenato un incontro casuale posteggiando la macchina accanto alla sua. L'avrei attesa; sarei sceso dalla macchina al suo sopraggiungere e le avrei inoculato la sostanza incriminata con una siringa, dandole una manata sulla schiena per giustificare il mio gesto, simulando di averla colpita per scacciare un insetto di cui mi sarei fornito in anticipo, un esemplare già morto e, al momento opportuno, l'avrei gettato ai suoi piedi per rendere credibile il mio agire. L'avrei caricata nella mia vettura e mi sarei diretto al suo indirizzo. Dal box auto sotterraneo, caricata e portata a spalla, avrei raggiunto il suo appartamento in ascensore fin dentro il suo appartamento. Lì, indisturbato, avrei realizzato il quadro a imitazione dell'immagine ritratta su una tela di canapa che ho trovato in rete»

«E per quanto riguarda il segno del Sagittario a quale soggetto aveva pensato?»

«A quello più scontato: ad un arciere. Avevo pensato di avvicinarlo presentandomi come un atleta di specialità e mentre si allenava al paglione, l'avrei tramortito con una sassata in testa. Poi l'avrei fissato al paglione trasformandolo in bersaglio da colpire con alcune delle sue frecce a imitazione del San Sebastiano del Mantegna. Soltanto dopo aver realizzato anche questo quadro mi sarei ritenuto soddisfatto e concluso il progetto della mia pinacoteca ideale. Non posso però sostenere mi sarei fermato qui. Tanta è stata la soddisfazione provata che forse avrei trovato un altro soggetto per un ulteriore esposizione permanente. Chissà!»

Mentre il Della Torre forniva la sua macabra testimonianza, la sua identità veniva confermata dal super testimone, l'orafa Eva Santoreggia, invitata ad assistere all'interrogatorio, dietro lo specchio spia, per eseguire il definitivo riconoscimento del sospettato, unica ad aver avuto a che fare con lui con le sue naturali fattezze.

24 NOVEMBRE

Tre giorni dopo erano tutti presenti convocati dal vice questore Maurizio Tori, che aveva indetto una conferenza ufficiale in Questura alla presenza dei giornalisti delle maggiori testate della televisione e della carta stampata, che tenuti all'oscuro durante il lungo periodo di indagini dei particolari e dell'evoluzione del caso Proteo, arrestato l'assassino, avevano sollecitato un incontro con gli inquirenti per essere aggiornati.

Il Petronero Betti, informato direttamente dal Migliore, era ovviamente presente, seduto in quarta fila, registratore in mano pronto ad essere attivato per non perdere neppure una sillaba di ciò che il Tori e gli eventuali relatori avrebbero dichiarato.

Nella grande sala allestita per l'occasione, i commissari titolari delle indagini relative ai singoli omicidi e la profiler Eleonora Cantini erano schierati lungo la parete, tra i vessilli posti agli estremi, alle spalle del lungo tavolo dove sedevano uno accanto all'altro i vertici della Polizia.

Eleonora discretamente dette una leggera gomitata a Giulio per richiamare la sua attenzione sulla presenza del conduttore Manrico Sconcerto, elegantissimo come dovesse partecipare ad una Prima Comunione, con vistoso papillon su completo blu. Il Migliore compresa immediatamente la segnalazione rivolse all'amica un occhiolino di complicità.

Il Tori ringraziando la nutrita rappresentanza dei mass media, come prima cosa volle si rispettasse un minuto di silenzio in omaggio al collega Francesco Grandi, dolorosa e ultima vittima del serial killer, l'uomo che aveva seguito fin dall'inizio il caso Proteo, gestendo la complicatissima indagine e organizzando il pool che con determinazione e professionalità era riuscito a stanare quello che sembrava un'invisibile diabolica presenza.

«Lascio ora la parola al commissario Migliore, coordinatore del pool Proteo»

«Questo caso si è rivelato molto complesso per tutti gli inquirenti coinvolti che con le loro squadre hanno meticolosamente fin dall'inizio cercato indizi che fornissero tracce che ci avvicinassero sempre più a dare un volto all'assassino. Dopo i primi quattro omicidi navigavamo nel buio. Grazie alla consulenza della dottoressa Cantini qui presente - indicandola con la mano voltandosi nella sua direzione, invitandola a fare un passo avanti - ai suoi consigli e soprattutto al suo intuito di profiler, abbiamo impostato un profilo psicologico del killer, che seppur parziale inizialmente ci ha aperto gli occhi sul tipo di soggetto da individuare. Constatato che le vittime non avessero alcuna relazione tra loro, nessuna esperienza o attività le legasse in alcun modo e che l'unico elemento in comune fosse un anello con l'effigie di Proteo che nessuno tra familiari e conoscenti aveva mai visto indossare dalle vittime, si concluse trattarsi della firma del killer. Costui, personaggio molto intelligente, colto, a suo modo con una fantasia galoppante e con la passione per l'arte, ha di volta in volta, attraverso il corpo dei malcapitati, messo in scena il soggetto di un quadro riproducendolo con la sua personalissima, crudele, ossessiva interpretazione. Vedo una mano alzata in prima fila. Prego, chieda pure»

«Marietta Bruni, per Qui Cronaca. Se ho compreso correttamente, sta affermando che le scene dei crimini erano la copia di quadri come li ha intesi l'assassino. Come siete arrivati a capire che erano la rappresentazione di opere d'arte?»

«Sono contento mi abbia rivolto questa domanda perché mi dà l'occasione di sottolineare che proprio il questore Grandi, prima di finire vittima del killer, aveva condotto uno studio comparativo tra le foto delle posizioni dei cadaveri e i soggetti umani di opere più o meno famose, lui esperto d'arte, individuando le somiglianze. Aveva scritto una relazione in cui indicava delitto per delitto le opere da prendere in considerazione»

«Concettina Rigoli per SettegiorniNera. Quindi abbiamo la certezza sia tutto finito. Ci siamo lasciati alle spalle quest'incubo: il vero assassino è stato arrestato e non rischiamo di vederlo tornare in libertà per mancanza di prove, per errori procedurali o semplici elementi indiziari»

«Non ci sono dubbi. Abbiamo prove schiaccianti: testimonianze e riscontri di identikit; tracce biologiche che hanno fornito DNA già confrontato con quello della persona arrestata; tutto suffragato dalle immagini di una telecamera e a concludere dalla confessione del soggetto in questione»

«Lorenzo Pandolfi, per Romaonline. Avevate capito che il questore era nella lista delle persone selezionate da Proteo?»

«Ci siamo arrivati troppo tardi, quando ormai Proteo aveva avvicinato il Grandi, che lo ha riconosciuto come il serial killer a cui davamo la caccia soltanto quando era già nel suo appartamento. Ciò è stato per noi un duro colpo da digerire perché avevamo tutti gli indizi a nostra disposizione ma nonostante tutto non siamo riusciti a collegarli ed interpretarli in tempo utile per mettere in allerta il questore. Francesco Grandi è stato sfortunato anche perché in origine non era la vittima designata; è divenuto obiettivo di Proteo all'ultimo momento per colpire gli inquirenti dei quali ormai aveva il fiato sul collo. L'ultimo asso che ha provato a giocarsi in questa sfida all'azzardo che egli ha lanciato alle autorità e che lo ha visto sconfitto nel momento in cui, per eccessiva sicurezza e arroganza, ha abbassato la guardia, commettendo un grande errore»

«Manrico Sconcerto per NetworkCronacaTevere. Qual è stato questo errore fondamentale che vi ha condotto alla sua cattura?»

«L'essersi presentato al Grandi, lui maestro del travestimento, con la sua vera identità. Nell'appartamento del questore c'era una telecamera che ha ripreso l'intera dinamica del suo omicidio e ci ha fornito il volto di Proteo. Ora passo la parola alla dottoressa Cantini che esporrà quali sono stati gli indizi fondamentali che ci hanno permesso di comprendere chi cercare»

«Salve a tutti. Il primo passo importante è stato risalire all'artista che ha realizzato gli anelli, oggetti artigianali di alta bigiotteria, che ci ha fornito il numero dei monili, tutti uguali, che un uomo le aveva commissionato:14 per la precisione. Considerando che c'erano stati gli omicidi dei gemelli Cuccio nello stesso giorno a distanza di poche ore e che un anello fosse stato consegnato personalmente dallo stesso Proteo, deducemmo che il numero di vittime sarebbe stato 12. A quel punto mi incuriosii e decisi di approfondire il significato del numero 12 per capire se per Proteo assumesse un importante valore simbolico. Consultammo uno studioso che ispirò il commissario Migliore. Egli suggerì di considerare i segni zodiacali. Così constatammo che ogni vittima era collegata ad un segno zodiacale attraverso una sua peculiarità, non banalmente alla data di nascita e verificammo che gli omicidi avvenivano a intervalli regolari pari a 20 giorni»

«Laura Seri, per AST Roma Radio. Quindi avete arrestato il killer prima che terminasse la sua serie, salvando la vita a due persone»

«Esatto. Nell'interrogatorio l'assassino, Italo Della Torre, ha confermato di essere stato interrotto bruscamente. Era molto contrariato perché dietro tutta questa attività nascondeva una sua profonda, repressa aspirazione, il grande sogno da realizzare: diventare pittore. Così ha messo in opera un progetto: la realizzazione di quadri viventi, attualizzando opere del passato, più o meno remoto, per completare una macabra pinacoteca, raccolta di tutti i quadri da lui firmati per assurgere a quella gloria negata sicuro di meritare»

Dopo un'attesa di qualche minuto, non giungendo dalla platea altre domande, il vice questore Tori riprese la parola. Presentò uno ad uno tutti i commissari responsabili delle indagini del caso facenti parte del pool Proteo.

«Un grazie personale a questi uomini e a queste donne a cui si deve il successo investigativo conseguito. Un ringraziamento speciale da parte della Questura va alla dottoressa Cantini Eleonora. Ringraziamenti anche al professor Pierluigi Costa, alla dottoressa Marika Pea e all'orafa Eva Santoreggia che, quando consultati, hanno fornito sostegno e competenze ai nostri inquirenti»

Mentre i presenti lasciavano la sala, Giulio prese sotto braccio Eleonora e raggiunse il Petronero Betti al quale presentò la profiler. Non si era dimenticato la promessa fatta al giornalista mesi prima: un'intervista in esclusiva con la consulente del caso Proteo.

Quella sera, dopo essersi finalmente lasciati alle spalle il lungo, frenetico e doloroso periodo che li aveva visti totalmente coinvolti, in piena notte, rilassati, abbracciati alla fioca luce della Luna che filtrava attraverso le tapparelle semiabbassate, Giulio accarezzava dolcemente il volto di Eleonora.

«Sono stato attratto da te sin dal nostro primo incontro ma non c'era la condizione per approfondire la nostra conoscenza anche perché ricevetti l'impressione fossi sulle tue, una persona riservata, molto professionale che in quel momento non avrebbe gradito»

«Infatti non avrei gradito un approccio del genere nel contesto professionale considerato tu fossi una persona che incontravo per la prima volta. T'avrei giudicato sfrontato ed arrogante, il solito maschio sessista che proprio non riesce a vedere in una donna una professionista capace, con cervello, oltre a possedere un bell'aspetto. Certamente questa iniziale opinione avrebbe inficiato il proseguo della nostra frequentazione. Sicuramente non saremmo giunti a questo punto e non ne sarebbe seguita la fruttuosa collaborazione che poi ne è venuta fuori»

«Beh, allora adesso posso finalmente dedicarmi a ciò a cui finora ho dovuto rinunciare: amare te!»

Indice

12 AGOSTO

20 AGOSTO

31 AGOSTO

01 SETTEMBRE

18 SETTEMBRE

20 SETTEMBRE

27 SETTEMBRE

29 SETTEMBRE

30 SETTEMBRE

01 OTTOBRE

03 OTTOBRE

10 OTTOBRE

20 OTTOBRE

17 NOVEMBRE

19 NOVEMBRE

20 NOVEMBRE

21 NOVEMBRE

24 NOVEMBRE

Editing Francesca Terrazzino

Edito Gruppo A.V. Italia SRL®
Part iva 03624001206
Bologna
www.unavitadistelle.com
unavitadistelle@gmail.com
Bologna 23 settembre 2022

Finito di stampare ottobre 2022

Prezzo di copertina 14,50 euro

www.ingramcontent.com/pod-product-compliance
Lightning Source LLC
LaVergne TN
LVHW010539160826
845677LV00013B/2931

* 9 7 9 1 2 8 0 6 1 9 8 9 1 *